Феликс Аранович

НАДГРОБИЕ АНТОКОЛЬСКОГО

повесть об утраченном
и заимствованном

ЭРМИТАЖ

1982

Феликс Аранович

НАДГРОБИЕ АНТОКОЛЬСКОГО

Felix Aranovich
NADGROBIE ANTOKOLSKOGO
("Antokolsky's Tombstone")

Library of Congress Cataloging in Publication Data

Aranovich, Feliks, 1930-
    Nadgrobie Antokol'skogo: povest' ob utrachennom i
zaimstvovannom.

        Title on verso of t.p.: Antokolsky's tombstone.
        1. Antokol'skii, Mark Matveevich, 1840?-1902.
2. Sculptors—Soviet Union—Biography. 3. Jews,
Russian—Biography. I. Title. II. Title: Antokolsky's
tombstone.
NB699.A5A7   730'.92'4 [B]   82-3030
ISBN 0-938920-16-2   AACR2

Published by HERMITAGE
2269 Shadowood
Ann Arbor, Michigan 48104, USA

МОИМ БЫВШИМ СОГРАЖДАНАМ

"Антокольский, Марк Матвеевич — первый скульптор-еврей, который, благодаря своему выдающемуся таланту, приобрел громкую известность и всемирную славу".

Еврейская Энциклопедия. С.-Петербург.

"Антокольский, Марк Матвеевич, русский скульптор".

Большая Советская Энциклопедия. 3-е изд.

В основе этого повествования лежит история поиска утраченной детали надгробного памятника. На эту основу легла история жизни и творчества скульптора Марка Матвеевича Антокольского, составленная большей частью из его воспоминаний и переписки. К рассказу об Антокольском добавился очень короткий рассказ о его ученике Илье Григорьевиче Гинцбурге. Есть здесь также несколько картин и фактов из русской истории и истории моей собственной. А все это вместе — рассказ о разбитом романе моего народа с Россией.

Были в нем всякие минуты, в этом романе: и комические, и героические, и сентиментальные, и драматические... сейчас же видятся только руины. Из них и встал передо мной — все изрезанное роковыми трещинами — лицо русского скульптора-еврея.

Я спустился за ним по книжным ступеням в Россию XIV-XIX века и записал то, что узнал впервые или увидел по-новому.

И все же физически я здесь — в России второй половины XX века. Я более не хочу быть здесь, но меня держат силой, разлучив с матерью, братом, женой и сыном, которого еще не видел. Страдая, я писал и о том, что чувствовал и видел вокруг себя — раз уж перо в руках!

Так сложилась и в такой форме оставлена эта книга — вперемежку: историко-искусствоведческое изыскание и репортаж с петлей на шее; строка то погружается в потемки времени, то выскакивает на ослепительный свет советских будней.

* * *

Еврейское кладбище около Ленинграда.
Кривой забор из гнилой фанеры.
За кривым забором лежат рядом
юристы, торговцы, музыканты, революционеры.

Для себя пели.
Для себя копили.
Для других умирали.
Но сначала платили налоги,
                уважали пристава,
и в этом мире, безвыходно материальном,
толковали Талмуд,
                оставаясь идеалистами.
Может, видели больше.
Может, верили слепо.
Но учили детей, чтобы были терпимы
и стали упорны.

И не сеяли хлеба.

     Никогда не сеяли хлеба.

Просто сами ложились

В холодную землю, как зерна.

И навек засыпали.

А потом их землей засыпали,

зажигали свечи,

и в День Поминовения

голодные старики высокими голосами,

задыхаясь от холода,

     кричали об успокоении.

И они обретали его.

     В виде распада материи.

Ничего не помня.

Ничего не забывая.

За кривым забором из гнилой фанеры,

В четырех километрах от кольца трамвая.

Иосиф Бродский. 1959 г.

Весной 1977 года я ходил по этому кладбищу. Смотрел, фотографировал на память.

Был я здесь впервые (почему раньше не удосужился?) и, хотя главным ощущением, владевшим мной, была обычная кладбищенская тоска, рядом стояло жгучее любопытство того тревожного сорта, что владеет ребенком, который без спроса залез в сто лет закрытый бабушкин сундук.

"Юристы, торговцы, музыканты, революционеры..."

Они иногда немного наивны, ведут себя несколько суетно, не подобающе этому торжественному состоянию — быть мертвым. Но очень уж удивительно и дорого для них было то место, которое им удалось занять при жизни за пределами гетто, чтобы не крикнуть об этом вдогонку редкому прохожему:

Абель Аронович Ашанский... фельдфебель кавалергардского Ее Величества Государыни Императрицы Марии Федоровны полка...
...врач-стоматолог...
...студент II-го курса ЛПИ...

Тут — должность, там — знак: человек погребен, а гордость его — значок медицинского института — оставлен наверху, прикреплен к ограде...

Мрамора много, но больше цемента. На одной такой плите когда-то вывели теряющими твердость буквами:

МАГИЛА ПОСЕЩАЕТСЯ

и с тех пор она заросла травой.

Дорожки всюду размечены, но самый свежий песок на дорожке, ведущей к обелиску, что под охраной государства: Вера Слуцкая в 1917-м году закончила свой путь "профессионального революционера" здесь, на еврейском кладбище.

Вера Слуцкая — слева и несколько поодаль от синагоги. А прямо за ней, во втором ряду, царит тяжелая тень и сырость. Там огромный черный мрамор хранит величественное безгласие, ибо ученый барон Д. Г. фон-Гинцбург, редактор Еврейской Энциклопедии, сын и внук баронов фон-Гинцбургов, основавших и эту синагогу, и ту, что на Лермонтовском, завещал не делать никаких пустых надписей на его могиле. И имени не писать на камне, который есть просто камень, а не барон фон-Гинцбург.

А синагога та — сама, как надгробие. — Нет, она красива: из крупных серых прямоугольников сложен ее фасад, голубая полулуковица купола венчает его, профиль купола повторяет притолока широкого входного проема, а справа и слева от крыльев бежит навстречу входящему низкая декоративная аркада, образуя просторный двор, приглашающий к многолюдному собранию...

Но двор пуст, входной проем заколочен, здание не ремонтируется, внутри холодно и на бетонном полу единственный предмет — цинковый стол. — Какая же это синагога — дом собраний?!

Быть похороненным у самой синагоги — большая привилегия, и вот внешние стороны боковых аркад — простые стены, благодаря которым больше оказалось счастливчиков, сумевших прижаться к... остывшему очагу.

У правой стены через дорожку входящего останавливает "самый главный" памятник еврейского (Преображенского) кладбища — памятник скульптору Антокольскому, также охраняемый государством.

Я знал, что он — еврей, и все же был поражен, увидев его могилу здесь, на еврейском кладбище...

Высокая гранитная стена с закругленной в форме купола вершиной вся покрыта глубоким рельефом: сверху — орнаментальный семисвечник, под ним — раскрытый свиток Торы, ниже — метровый Маген-Давид.

У основания стелы — мраморный куб, срезанный по диагонали. На отлогой полированной поверхности надпись:

Марк Матвеевич
Антокольский

1842-1902

В верхней части куба — прямоугольный вырез, в нем немного земли и какие-то посадки. Вправо и влево от стелы отходят две стенки — в треть ее высоты. По их верхнему краю крупными еврейскими буквами вырезано настоящее имя Марка Матвеевича — Мордехай Маттиягу. Стенки заканчиваются столбиками с надписями на древне-еврейском. По три широких с изломом ступени поднимаются к каждой из стенок, к выбитым на них скрижалям с названиями главных произведений Антокольского:

Инквизиция	Сократ	Спиноза	Нестор
Иван Грозный	Перед судом народа	Сестра милосердия	Не от мира сего
Петр I	Мефистофель	Ангел	Ермак

Боковые бордюры обосабливают внутреннее пространство памятника, и это, да и весь его архитектурный стиль, находится в какой-то связи с самим зданием синагоги...

...Только странно выглядит эта землица в мраморе; странно, даже если представить себе цветы в ней распустившимися; на острие полированного мрамора, в самом зрительном центре памятника, среди строгих каменных надписей и знаков... странно.

Глава 1

НЕСКОЛЬКО ФАКТОВ ИЗ ИСТОРИИ ГОРОДА ВИЛЬНЫ

В старом путеводителе по Вильне история города начинается в палеолите. Так ли, нет ли, но в 1323 году в издревле заселенном соединении рек Вильны и Вилии великий князь литовский Гедиминас основал столицу Литовского княжества.

Город отстроился крепостью, но был открыт для мирных пришельцев — ближайших соседей: русских и жмудичей, пруссов и немцев, также пленных татар.

В 1401 г. Литва торжественно соединилась с Польшей, а в 1569 г. политически растворилась в ней. К этому времени и евреи, начавшие посещать Вильну еще во времена Гедиминаса, составляют уже существенную часть населения города со своей синагогой, кладбищем и целой улицей в центре города, получившей название "жидовской".

"Виленская" история евреев складывалась как и повсюду — пестро. В той самой Жидовской улице они оказались надолго запертыми, хоть и не выполнили указ поставить ворота у выходов из своего квартала.

На то, чтобы расширить границы гетто, ушло 300 лет, в течение которых акты благоволения со стороны хозяев города соседствовали с актами притеснения, а последние — с акциями истребления. Причем, страдать приходилось и от горожан — во время погромов, и вместе с горожанами — от нашествий.

Так в 1665 г., когда Москва начала воевать с Польшей, черным смерчем прошла над еврейским кварталом Вильны хмельничина, а затем в своем предписании городу царь Алексей Михайлович повелел "жидов из Вильны выселить на житье за город".

Предписание не было исполнено, так как Вильна скоро отошла обратно к Польше.

Тут нужно отметить, что до этого момента своей истории Московская Русь не знала евреев, даже заезжих купцов не пускала. Алексей Михайлович пытался тоже держаться этого принципа и евреев, бегущих в царскую сторону от казаков на Украине, велел "отсылать" от московских застав назад.

Но с началом вторжений в западные области оградиться от евреев стало уже невозможно. Тут-то и начался "русский" период их истории.

Завершились русские вторжения третьим разделом Польши в 1795 году, по которому Литовское княжество вместе с Вильной и ее евреями было отхвачено Россией.

По сему случаю Екатерина II издала манифест, в котором в частности говорилось:

"...не токмо свободное исповедание веры от предков вами наследованной, и собственность, законно каждому принадлежащая, в целости соблюдены будут, но и..." и т. п.

Ласка эта да сила сделали свое дело, сковали жертву. В 1862 г. прокатилась было национальная судорога — восстание охватило 6 000 000 жителей Северо-Западного края, но, назначенный на пост главного начальника края граф М. Н. Муравьев, быстро, в течение трех месяцев, усмирил литовцев, обретя в этой своей боевой кампании прозвище "вешатель".

Завершил он свою миссию полной реорганизацией края на русских началах, в частности ввел всюду русский язык. Трудами этими он подорвал здоровье и в 1865 г. скончался, оставив городу свой бюст.

Одно из живописнейших предместий Вильны — Антоколь — на северо-востоке, на том же левом берегу Вилии, но на другом холме. Сначала там строили свои дворцы и виллы знатные вельможи (например, Слушковский дворец, в котором в 1705 г. останавливался Петр I), потом район демократизировался, из центра Вильны, от кафедральной площади пошла туда улица Антокольская.

В XVIII веке в Антоколье появилась синагога, а в середине XIX века еврейская община там уже была самой многочисленной среди десяти уездных общин.

К этому времени многие старинные постройки были "переустроены" новыми русскими хозяевами. Так, Слушковский дворец был "переустроен" под тюрьму. (Почему России всегда нужно было столько тюрем? Собственно, каждому народу приходится лишать часть своих граждан права разгуливать на свободе, но в России принят особенно высокий процент...)

Однако, о тюрьмах — в другом месте. А здесь — выпишем из упомянутого путеводителя данные о евреях и памятниках Вильны в начале XX века:

Еврейское кладбище (Поповщизна, Пономарский пер.)
Синагоги:
Виленская большая синагога (угол Еврейской и Немецкой улиц)
Новая хоральная синагога (Завальная ул.)
Синагоги в каждом из предместий, носящие названия по месту расположения (древнейшая — в Снипишках)
Кроме синагог имеется множество молитвенных домов.
Благотворительные учреждения:

Еврейская богадельня (Портовая ул.)

Общество пособия бедным и больным евреям (Завальная ул.)

Еврейские дешевые квартиры

Еврейская больница

Учебные заведения:

Еврейский учительский институт (Георгиевский пер.)

Училище при Виленской Талмуд-Торе с ремесленным отделением (Новая ул.)

Первое одноклассное начальное еврейское училище (Андреевская ул.)

Второе одноклассное начальное еврейское училище (Завальная ул.)

Третье начальное еврейское училище (Трокская ул.)

Типографии:

Еврейская типография Лурье

Еврейская типография Фейгеса

Население:

По народной переписи 1897 г. в Вильне считалось 154532 человека, кроме войск, из них:

евреев	63996
католиков	56688
православных	28638

Из числа евреев признали родным языком:

еврейский	61847
русский	2028
немецкий	97
польский	24

Памятники:

Императрице Екатерине II (Кафедральная пл.)

Графу М. Н. Муравьеву (Муравьевская пл.)

А. С. Пушкину (Пушкинский сквер)

...Памятники стучатся в нашу память и иногда будят ее...

*   *   *

Памятники и надгробья стучатся в нашу память...

Я решил сделать еще круг по кладбищу и зарядил в камеру свежую пленку.

Рядом с Антокольским нахохлился огромный склеп Авраама Варшавского, одного из учредителей I-го правления петербургской еврейской общины, принявшего на себя в частности заботу об устройстве синагоги.

А напротив него я сейчас только заметил свежую стелу: в 1973 г. здесь был похоронен последний раввин этой синагоги Абрам Лубанов; наверное — последний, ибо с тех пор другого нет. Как, впрочем, нет замены и уехавшему в Израиль кантору.

Во время второго осмотра кладбища я многое заметил впервые. А главное, если вначале мне бросилось в глаза наивно-преувеличенное значение, придаваемое в надгробных надписях социальным достижениям, навязчивость всех этих "инженер", "врач-стоматолог", "кинооператор"... "фельдфебель Ея Величества", то теперь я обратил внимание на другую важную черту.

Со всех почти памятников смотрят на вас лица погребенных: на нескольких памятниках — рельеф, на подавляющем большинстве — фото. Фотография на памятнике — это совсем не еврейская, это русская традиция. Она берет свое начало от надгробных фресок и рельефов, вошедших в обычай в России со второй половины XVI века (за сто лет до появления здесь евреев). В наши дни "заглянуть" в эти истоки можно, посетив Архангельский собор-усыпальницу в московском Кремле. На представленном фото — фрагмент росписи стены над гробницей князей. Именно от нее — этой росписи, выполненной при Алексее Михайловиче, тянется ниточка к фотографиям на еврейском Преображенском кладбище.

В этом факте, в этом редком примере влияния русской традиции на весьма консервативную еврейскую традицию отразилась тесная связь, возникшая в определенный момент между евреями и русскими.

Но еще более, чем в запретных изображениях на еврейских надгробиях, связь эта запечатлена в надписях на этих надгробиях, надписях, говорящих об общности судеб, общности усилий и жертв.

У большого старого склепа прижался, потерялся возле него камень, надпись на котором нужно привести целиком:

Берка Бурак   Мошка Фрисно

Лаборатористы Охтинского Порохового завода
23-х лет от роду погибли при взрыве в лаборатории
28 февраля (5-го Адара) и погребены первыми
на сем кладбище 2-го марта 1875 года.

Вот, значит, первая могила еврейского кладбища! — 1875 г. И может быть, Берка Бурак и Мошка Фрисно были первыми евреями в России, котрым удалось "устроиться" на военном предприятии. Если так, то они стали и первыми жертвами удачи этого рода...

14

К старому склепу, что возле бедных лаборатористов, прикреплена свежая табличка, которая напоминает о других жертвах, стучась в недавнюю память:

В память погибшим во время блокады

....

....

Жена, мама, сын, брат

Война.

Ее след здесь — целое поле-холм со скромным обелиском на вершине. Весь этот холм — братская могила, в которой во время блокады хоронили тех, кого некому было хоронить отдельно.

Жаль, не удалось снять этот холм как следует: во всех интересных ракурсах в кадр лезет труба какого-то заводишки за забором. А трубы снимать нельзя — государственный секрет.

Следы войны — то тут, то там: рядом с шестиконечными звездами, выбитыми на камне, — пятиконечные, вырезанные наскоро из стального листа на каком-нибудь заводском дворе, выкрашенные суриком.

А этот Маген-Давид не зря такой большой и поднят так высоко: он собрал под собой имена близких, погибших далеко друг от друга:

Роза Лурье-Гельб

Макс Гельб

Освенцим

Иосиф Лурье

Сталинград

Моисей Данишевский

Под Ленинградом — Красный Бор

Яша Авиасор

Петсамо

Война...

Ее имя в русской истории — Великая Отечественная.

Ее имя в еврейской истории — Катастрофа, ибо в ней погибло 6 миллионов евреев, более трети еврейского населения мира. По российскому счету — два миллиона, половина тогдашнего еврейского населения страны.

Я вспомнил об отце. Он был начальником цеха на военном заводе, — трудного цеха, и не вернулся из тыла, как другие — с фронта.

Наверное, могила его с пятиконечной звездой не сохранилась там, в Башкирии. Ему было 38. Я почти на 10 лет старше своего отца.

Я подумал о себе. Я выжил, я был мальчиком тогда, был далеко от фашистов и защищен мамой. Меня лишь немного обдало страхом, голодом и злобой.

Впрочем, со злобой я встретился еще задолго до войны, в раннем детстве. Маленький мальчик подошел однажды ко мне и сказал: "Ты — еврей".

Я сразу понял, что это так и есть, и почему-то это так уязвило меня, что мое отчаяние заметила мама. Она научила меня, что я должен отвечать на это: "А ты — русский" — и тогда сразу становится ясно, что национальностью дразниться нельзя, бессмысленно. И еще она сказала, что евреи — очень древний народ, а древнееврейский язык так красив, что некоторые слова даже звучнее русских. Например: МАДУА — ПОЧЕМУ.

"А вот как звучит, — говорила моя мама — давно обрусевший юрист авиационного предприятия, — вот как торжественно звучит, — говорила она, увлекаясь, — ритуальный вопрос пасхальной ночи: МА НИШТАНА ХАЛАЙЛА ХАЗЭ МИКОЛ ХАЛЭЙЛОС? — Каким чудом фраза эта застряла в ее памяти — уму не постижимо. Но я тогда успокоился, а фраза эта, как я обнаружил сорок лет спустя, оказывается, застряла и в моей памяти.

Отнесем это к случайностям. Внешне же все устройство жизни, которая меня окружала, отделяло меня от моего народа и то, что должно было придти просто — через семейную традицию, школу, литературу, поднималось ко мне тяжело, ступень за ступенью, эти сорок лет.

Первой ступенью был тот мальчик.

Второй — война.

Третьей ступенью был 1953-й год, "дело врачей". Ему предшествовали и естественно привели к нему другие события, о которых я узнал или которые я осознал много позже.

Решающим из этих событий было образование 14 мая 1948 года государства Израиль. От этой даты началась новая история евреев, как независимого народа в его суверенном государстве.

От этой же даты можно начать историю "окончательного решения еврейского вопроса" в Советском Союзе.

В 1948 году было прекращено существование еврейских коллективов во всех их формах. Был зверски убит Михоэлс. Арестован еврейский Антифашистский комитет. Арестованы еврейские писатели и поэты. Я нашел в публичной библиотеке книжечку размером с фотографию на паспорт — "Еврейские писатели СССР", издание лит. фонда СССР, М., 1936, и переписал ее:

Давид Бергельсон, род. в 1884 г., прозаик и драматург

Перец Маркиш, род. в 1895 г., поэт, драматург и прозаик

Давид Гофштейн, род. в 1889 г., поэт

Ицик Фефер, род. в 1900 г., поэт

Изя Харик, род. в 1898 г., поэт

Самуил Галкин, род. в 1900 г., поэт и переводчик

Арон Кушниров, род. в 1891 г., поэт и драматург

Самуил Годинер, род. в 1892 г., прозаик

Лейб Квитко, род в 1895 г., поэт и прозаик

Моисей Кульбак, род. в 1890 г., поэт и прозаик

Итак, в 1936 году была еврейская литература. Я полез в энциклопедии искать эти имена.

Во втором издании Большой Советской Энциклопедии их нет. Из этого издания были выброшены почти все имена евреев-ученых, писателей, художников.

В 3-ем издании — есть, есть имена и даты смерти.

Краткая литературная энциклопедия выходила в годы "борьбы с культом". Она дает дополнительные сведения: "Репрессирован. Реабилитирован посмертно". Миновало троих: Моисей Кульбак умер в 1940, Арон Кушниров умер в 1949, Самуил Гординер погиб в битве под Москвой в 1941.

В 1949 году началась кампания против "космополитов" — иносказание, подразумевавшее евреев: вначале преимущественно — в литературе, но клеймо быстро расплылось, захватив и евреев науки вместе с целыми разделами науки ("менделизм", теория относительности) и даже евреев техники.

В 1952-м от слов перешли к широким действиям. Начались смещения с постов (не забыли отозвать всех евреев из советских оккупационных войск). Репрессированная, но оставшаяся в живых поэзия, была расстреляна.

В Чехословакии был проведен процесс Сланского и в следующем, 1953-м, Москва начала дело кремлевских врачей.

Евреи — отравители, отравители в белых халатах, отравители руководителей партии и правительства и, может быть — самого Сталина! — Это было обращением к мощным низменным инстинктам толпы, которая должна была сыграть свою роль в задуманной акции... но тут умер Сталин.

Произошло некоторое осовременивание стиля политической жизни страны. Расстрелы были приостановлены, травля вновь обрела идеологическую форму, но иносказание сделали на этот раз более прозрачным: заговорили об антииудаизме и антисионизме — в дешевых, низкосортных, доходчивых до народа брошюрах.

Антиеврейская тенденция проявлялась и в конкретной политической форме — в растущей враждебности к Израилю.

22 мая 1967 г. радио и газеты сообщили о решении арабского друга Советского Союза полковника Насера закрыть Тиранский про-

лив для израильского судоходства. Все армии арабских государств, кольцом окружающих Израиль, зашевелились. Произошла мобилизация и израильских войск. Советский Союз в это время с нарочитой бесстрастностью сообщал своему населению цифры: гигантскую численность войск и вооружений арабской коалиции и пигмейскую — Израиля.

От сравнения стыла кровь.

Но это была четвертая ступень той лестницы, по которой к нам, советским евреям-ассимилянтам, возвращалось еврейство. Страх пронизал и поднял, и соединил всех нас. Он принес нам обострение национального чувства, осознание той важности, какую имеет для нас факт существования национального очага, ощущение конкретности этого очага, причастности его судьбы нашей судьбе.

Все последующие дни были школой этих новых чувств, которые за шесть победоносных дней — с 5-го по 10-е июня возвысились от страха до новой веры в свой народ, новой гордости за него.

Итак, сознание было разбужено. Но, парализованное инерцией быта, привычкой и несвободой, оно на этом этапе могло изменить лишь внутреннюю, интимную жизнь. Льдина откололась, отошла от берега, ледяная полынья расширяется, но берег еще не потерян из виду, является еще единственной опорой инстинкта, — простор с другой стороны пугающе пуст, нематериален... Когда поэт Иосиф Бродский, непубликуемый, голодный, поруганный судом и ссылкой, был вытолкан на Запад, он не принял это как избавление, но пережил как отлучение.

> ...Поэты — побочные дети России —
> Их с черного хода всегда выносили...

Впрочем, это писано другим поэтом и по другому трагическому поводу.

Что же касается меня самого, то я тогда продолжал самозабвенно ''инженерить'', представляя собой типическую модель советского городского еврея второй половины XX века.

Но этому уже был назначен недолгий срок, уже была вырублена та пятая ступень, которая явилась порогом.

Был июнь 1970 года.

1—2. Еврейское (Преображенское) кладбище в Ленинграде
The Jewish (Preobrazhnskoe) cemetery in Leningrad

3—6. Врачи, революционеры,.. последний раввин
Doctors, revolutionaries and... the last rabbi

20

7—8. Портреты на надгробиях в Архангельском соборе (XVI в.) и на еврейском кладбище

Portraits on tombstones in the Archangel Cathedral (16-th century) and in the Jewish cemetery

21

9—10. Жертвы военного производства (1875 г. — первая могила еврейского кладбища) , жертвы последней войны

Victims of war production (1875, the first grave of the Jewish cemetery), victims of the last war

11. Еще одна могила.
    Another grave.

12. Надгробие М. М. Антокольского
    Tombstone of M. M. Antokolsky

Глава 2.

МОТЭ АНТОКОЛЬСКИЙ

Звучное название места жительства выбрал себе один из жителей Антоколья, когда царь Николай I велел всем безфамильным до того русским евреям брать фамилии. У сына этого человека, Матыса Антокольского в его маленьком домике-корчме на улице Субочь 21-го октября 1842 г. родился седьмой ребенок, которого назвали Мордехаем.

Маленькому Мотэ жилось в этой корчме так тяжело, что потом всю жизнь он старался не вспоминать о своем детстве и даже дня рождения не справлял. Исключение составляла мать. О ней он пишет:*

> ...она... умница и добрая — в своем роде Спиноза, право: даром, что ничему не училась, не умеет даже писать, но думает и рассуждает необыкновенно хорошо.
>
> Вчера, по случаю моего приезда, мы собрались вокруг нее и стали ее утешать; она улыбнулась и сказала: "Я из опасности уже вышла, мои плоды уже расцвели; я же как дерево — чем больше плодов, тем больше нагибаюсь".
>
> Эта женщина вышла замуж, когда ей было 15 лет, вела жизнь каторжную, жила главное для других; имеет семерых детей, все почти деды и бабушки, чуть ли не прабабушки. Как такую женщину не любить и не уважать?

Еврейская воспитательная традиция приписывает матери главную роль в формировании "духовного жилища" человека. Считается, что, создав его физическую оболочку, мать на протяжении первых лет жизни ребенка как бы обустраивает это жилище чувствами и интуитивными понятиями. Потом оно заполняется знаниями, но они изменят лишь форму, а не суть. Очень любя свою мать, Мотэ, очевидно, много взял от нее.

> Матери есть у всех. Я люблю ее, главное, за то, что она была мать для всех.
>
> Я помню наше бедное положение и, тем не менее, моя мать тайком от отца делилась с бедными людьми всем, что имела. Я-то и был ее посыльным. Она до последней минуты оставалась такою. Она отдавала другим все, что имела, оставляя себе крохи самые насущные, и, если бы она могла существовать без

_____
* Здесь начинается цитирование статей и переписки Антокольского, собранных В. В. Стасовым в книге "Марк Матвеевич Антокольский. Его жизнь, творения, письма и статьи". С.-Петербург и Москва. 1905. В дальнейшем цитаты из этой книги будут даны без ссылок на нее.

этих крох, она бы и их отдала. Но более замечательна она была по уму, несмотря на ее малую образованность и сильную набожность. Она шла за временем, была толерантна. У нее был в высшей степени ясный ум, дар слова и, в своем роде, философия. К ней часто ходили беседовать образованные люди ради удовольствия.

Лишнее сказать, что и она меня любила сильно. Так вот кого я лишился. Она, слава Богу, дожила до глубокой старости — ей было около 90 лет, и последнее ее письмо было ясное, интересное, как и первое. Оставила она себе наследников 78 душ.

Работать Антокольский начал с 13 лет, но еще раньше пришла к нему — прокралась сквозь запреты традиции — страсть к изобразительному искусству. Он начал рисовать, лепить из глины, вырезать из дерева, выковыривать гвоздем из мягкого камня маленькие фигурки — все это тайком, по ночам. Поощрял его в этих занятиях только один человек, о котором Антокольский вспоминает:

Был он землемер и считал себя артистом. Я очень полюбил этого человека, несмотря на то, что за ним водились кое-какие грешки. Как настоящий артист, он вечно бедствовал и иногда слегка запивал свое горе. В подобные минуты он был особенно словоохотлив.

— Это — стадо баранов! — говорил он с жаром, указывая на людскую толпу, проходившую мимо нас. — Они живут без души, без чувства... Живут изо дня в день, как эгоисты... Не смотри на них! Ты — художник, царь природы! Ты должен не работать, а творить... и только тогда, когда муза твоя захочет. Они не понимают меня, и потому я несчастен. Советую тебе: беги отсюда, беги в храм искусства; там увидишь все, всему научишься... Увидишь работы первейших светил в мире: Микеланджело, Рафаэля... на колени станешь, будешь молиться перед ними, чтобы они вдохновили тебя... Вот, — указывал он опять на мимоидущих: — они ничего не знают, им ничего не нужно... но ты, ты — камень нешлифованный!

Шлифовка началась с работы подмастерьем у резчика по дереву. К этому вскоре присоединились частные занятия общеобразовательными предметами, а к этому — чтение Шиллера, Лессинга, Пушкина, Лермонтова, Гоголя, исторических книг...

Это были 50-е годы XIX века, когда еврейская молодежь бросилась в открытые правительством училища.

Жаботинский говорил об этом времени: "Уходят, уходят евреи с нашей улицы — все такие умные, образованные".

Готовился к этому уходу и Антокольский... Видевшим его тогда он казался озабоченным и мрачным, и с тех пор ни одна фотография не запечатлела его другим...

Первыми серьезными работами Антокольского стали вырезанные из дерева головы Христа и Богоматери — копии с гравюр Ван Дейка... не совсем подходящая тема для религиозного еврея. Но рвущемуся в Петербург юноше именно эти работы открыли дорогу. Они понравились жене виленского генерал-губернатора, женщине образованной и доброй, и она дала Антокольскому денег для поездки в Петербург и рекомендательное письмо...

От нее я имел письмо к баронессе Э., которой, кажется, в то время не было в Петербурге. Мне приходилось ждать недели две. В течение этого времени я каждый день отправлялся на Васильевский остров, ходил вокруг Академии, засматривал в окна, где ничего не видел, завидовал каждому входившему, и сам не смел перешагнуть порог — какая-то священная боязнь удерживала меня. Внутренность Академии рисовалась в моем воображении чем-то необъятным, чудесным. Там — искусство и поэзия, составляющие гордость и славу человечества... С кафедры там говорится о чем-то возвышенном, чуждом всего, что составляет меркантильную злобу дня. Там все "избранные Богом", как говорил мой добрый землемер. Одним словом, мое воображение работало, я лелеял мысль: может быть, кто знает, и я перешагну этот порог?

От баронессы Э. я получил письмо к профессору Пименову, который похвалил мою работу из дерева, имевшуюся при мне, осведомился относительно моего рисования. "Куда мне так рисовать, как здесь рисуют!" — подумал я и отвечал, что рисовать не умею. Этим я чуть не наделал себе беды, так как в Академию принимаются только умеющие рисовать. Профессор нахмурил брови, задумался и, взяв мою работу, повел меня к конференц-секретарю. Скоро состоялась резолюция: я могу посещать скульптурный класс, а пока должен подучиться рисовать в школе. Не помня себя от радости, я бросился бежать.
— Извозчик! — закричал я, — вези! — Куда, барин? — торопливо спросил он. Я смутился, позабыл адрес квартиры, да и то, что в кармане ни гроша. Но радость моя была сильна; я побежал сам быстрее лошади, точно кто подгонял меня. Готов был всех обнять, всех расцеловать; чужие казались мне знакомыми, а знакомые родными. Целый день я говорил, рассказывал, бегал, и вечером — усталый, голодный — заснул крепким сном.

Был ноябрь 1862 года.

*   *   *

Был июнь 1970 года.

В Ленинграде выдался яркий солнечный день. И в работе образовался неожиданный просвет. В бесшабашном расположении духа я зашел в кабинет к своему приятелю-начальнику, — просто потрепаться. Его не было на месте, и я присел на залитый солнцем край стола, дожидаясь, пока он кончит трепаться где-то в другом месте.

Удивительно сладостно это состояние неурочного расслабления, когда в середине рабочего дня, находясь в центре содрогающегося от натуги завода, ты вдруг переключаешь свои ощущения на восприятие небесной глубины, солнечного нежного тепла на щеке, блика на стене... и грохот будней для тебя стихает.

Я не сразу заметил, что он пришел, потому что он остановился в дверях и молча смотрел на меня, пока я не обернулся. Но и тогда он сделал только пару шагов и, привалившись к стене, опять стал смотреть на меня чужим, незнакомым мне взглядом издалека.

— Мне сейчас сказали, что в Ленинграде в аэропорту "Смольный" вчера была совершена попытка угнать за границу самолет, — начал он говорить врастяжку. Остановился, выждал, не выпуская меня из-под прицела своих прищуренных глаз, и закончил:

— Покушавшиеся были евреи...

"Неужели опять?! Опять "врачи-отравители"! — это была первая мысль, метнувшаяся в сознании.

Но на этот раз произошло событие совсем иного рода. Факт действительно имел место. Прологом к нему была цепь событий, которые не могли не привести и привели значительные массы советских евреев к желанию эмигрировать.

Власти были осведомлены об этой тенденции, кроме того, на них попросту лежали обязательства, вытекавшие из факта образования Государства Израиль, — но не меняли своих порядков. В течение 20 лет — с 1948 по 1969 г. г. из страны (в основном — из Прибалтики) выбиралось в среднем по 380 человек в год.

И давление поднималось, внутреннее напряжение росло, разрешившись в конце концов идеей — силой реализовать святое право.

И нашлось шестнадцать героев — мужчин, женщин, детей, решившихся на этот демонстративный акт отчаяния. Шестнадцать икаров, рванувшихся в небо.

Они не взлетели, эти икары. Кольцо агентов КГБ замкнуло их у трапа самолета АН-2 утром 15 июня 1970 года.

А с 15 по 24 декабря кольцо милиции оцепляло район городского суда, в котором слушалось дело, ставшее известным как "самолетный процесс".

У мостика через Фонтанку толпились ротозеи, заглядывали друг другу через плечи, но ничего особенного не видели, кроме того, что на большом участке мостовой перед зданием суда были открыты, откинуты в стороны крышки канализационных люков и что у каждого отверстия поставлено по два милиционера — вглядываться в зловонную темноту. "Вот ведь какая осторожность нужна с этими евреями" — догадывалась молча глядевшая толпа.

Приговоры были суровыми, два — смертными. В мае 1971-го досуживали "организацию" — горстку людей, которые, хоть и не примкнули к "самолетчикам", все же, возмечтав об Израиле, начали изучать родной язык...

Но блокада была прорвана: в 1970 году было разрешено эмигрировать 1000 человек, в 1971 — 14 000.

Вскоре появился израильский вызов и в нашей семье. Это еще не означало, что железный занавес поднят, — нет, но в нем снова прорубили оконце в Европу, не забыв при этом про решеточку. Я как раз остался за этой решеточкой, хотя по ту сторону уже были мама, брат, жена, сын...

"Мое полное одиночество в России — высокая плата, но зато и куплено ею не мало: мой сын родился уже не в России", — думал я, бредя весной 1977 года по дорожке еврейского кладбища в Ленинграде, завершая свой второй круг по этому кладбищу.

И опять стал перед Антокольским.

Я устал молчать, вспоминать, захотелось легкой беседы с живым человеком.

— Красивый памятник, — обратился я к старику, остановившемуся рядом со мной.

У него была круглая рыжая голова и маленькие глаза с полуопущенными веками, глаза унылые и безучастные.

— Ааа... красивый... Разве так было?

— А разве не так? Как же?

Он перевел свой унылый взгляд на мой кофр с фотопринадлежностями.

— Был красивый забор... бюст...

Меня как током ударило: бюст! — вот в чем назначение странного выреза в мраморе.

— Скажите, — начал было я,... но, видно, мое время в его сознании уже вышло. Он повернулся своим рыжим затылком и бойко задвигался, удаляясь, уменьшаясь в длинной аллее. Еще некоторое время я смотрел ему вслед, в круглую спину и необыкновенно живые пятки...

Знать, не для того был послан мне этот старик, чтобы, открыв факт, разом исчерпать мой поверхностный интерес к камню, но для того, чтобы только разжечь этот интерес и, отправив меня в длинный путь поисков, открыть передо мной кусок истории, придавленный этим камнем.

Я пошел к синагоге, чтобы все-таки узнать у кого-нибудь подробности о бюсте. Несколько человек сидело на скамейке при входе. Сами они ничего не знали и посоветовали спросить Басю, которая дольше всех служит здесь, при синагоге.

— Эта? — спросил я, увидев сухую, очень старую женщину с ведерком краски.

— Нет, это ее дочь.

В Басиных глазах — вековое страдание, вековая мудрость, вековая настороженность. Она не понимает, о чем я ее спрашиваю, хотя я уверен, что она все прекрасно понимает.

Мне явно не суждено было разговориться в этот день. В общем, это не было случайностью. Я пытался не раз, но они все здесь стрелянные воробьи — эти старики. Знают, сколько цорэс было всего-навсего из-за недипломатичного слова; сколько может быть цорэс, если не взвесить правильно слово; если не промолчать лишний раз.

Я уже и пожалел, что пошевелил в старом человеке беспокойство (все-таки речь шла о ''непорядке'') , и, промямлив что-то насчет хорошего состояния дорожек и сделав неуклюжий комплимент деревьям — что их здесь, дескать, не много и не мало, а ровно столько, сколько нужно, чтобы было тенисто, но сухо, направился к выходу.

Через дорогу от еврейского кладбища на остановке, которая называется Проспект Александровской фермы, — кольцо автобуса 70. Другое его кольцо — Площадь Островского. Очень странный маршрут, — я чувствовал себя мальчишкой, которому здорово повезло из-за ошибки взрослых, и прямо из дверей автобуса нырнул в двери Публичной библиотеки.

Я тронул каталог и начались открытия. Я узнал, что Антокольский родился в нынешнем Вильнюсе, и нашел красивый путеводитель по городу издания 1904 года с надпечаткой ''Собственность Его Величества библиотеки в Зимнем дворце''.

Я нашел удивительную книгу, книгу-памятник — ''Марк Матвеевич Антокольский. Его жизнь, творения, письма и статьи''. Ее собрал крупнейший русский художественный критик Владимир Васильевич Стасов; издал в 1905 году и... с тех пор она не переиздавалась. В ленинградской Публичной библиотеке хранятся два экземпляра.

Из этой книги я узнал, что был у Антокольского ученик и близкий друг — И. Я. Гинцбург. Мне пришла в голову мысль отыскать это имя в старинной Еврейской энциклопедии: я видел шестнадцать тонких высоких томов в одном доме, где они содержатся на правах клада.

Вечером в этом доме я прочитал следующее:

Гинцбург, Илья Яковлевич — скульптор; (...) один из лучших скульпторов в России (...) многие произведения заключают в себе истинно-художественные идеи, например, (...) ''Голова Антокольского на смертном одре'' — одухотворенное лицо мученика — одна из лучших работ Гинцбурга...

''Одна из лучших работ''... А что, если эта голова и есть тот самый бюст? — в эту ночь я засыпал без мыслей о семье; я думал о том, что завтра с утра пойду в музей городской скульптуры (он известен более по старому названию — Александро-Невская лавра) и все узнаю у экскурсоводов про засевшее в сознании надгробие.

Но на следующий день я уехал в Москву.

13. Воспроизведение фотографии, представляющей обычно дом в Вильне, в котором родился Антокольский

Reproduction of the photograph traditionally representing the house in Vilna where Antokolsky was born

Глава 3.

ПЕТЕРБУРГ. АКАДЕМИЯ ХУДОЖЕСТВ

На завтра я, конечно, уже был в скульптурном классе. Это была громадная зала в шесть-семь окон огромных размеров. Создана она была широкою рукою при императрице Екатерине II. Вдоль ее, посредине, стоял целый ряд гипсовых статуй. Мне показалось, что я пришел слишком рано и что занятия еще не начались — застал всего трех учеников. Занимались они следующим: один уселся на скульптурном станке, а двое других катали его. Мой приход не стеснил их; этому я был рад и стал рассматривать все, что там было и что казалось мне так ново и дивно. Группа "Лаокоона" очень обрадовала меня: это были старые знакомые, я видел их еще в детстве в стереоскопе, привозившемся к нам как диковинка. (...)

Я был рад, счастлив, что нахожусь в Академии художеств. Чего мне было больше желать? Мои заветныя мечты осуществились и в гораздо большей мере, нежели я ожидал! Я ходил с поднятою головою, бодро, смело, легко, точно кто поднимал меня... Да, я радовался, я отдавался Академии всецело, всей душой. Усердно посещал классы и лекции, работал целый день охотно, до поту, до усталости.

И все-таки в этот первый год столичной жизни вдали от родины Антокольский оставался "домашним" и едва дождался каникул...

Меня тянуло домой; хотелось увидеть родных, знакомых, землемера, всех обнять, рассказать всем мою радость, мне хотелось приветствовать прелестные окрестности моей родины, места, куда я в детстве так часто бегал. Не стану описывать эту природу — не сумею, да притом она уже не раз была воспета. Скажу только, что она и до сих пор имеет для меня что-то чарующее. Правда, в ней нет ничего грандиозного, поражающего, зато она успокоивает своей гармонией. Красота ее разнообразна, жизненна, доступна везде без потери сил.

За три дня до отъезда мой маленький чемодан был уже туго набит моими пожитками, а перед самым отъездом я переоделся по-дорожному, именно надел длинные сапоги, точно собирался дойти до Вильны пешком. Надел я также и новую академическую фуражку, только что купленную для пущей важности. Приехал я на вокзал часом раньше, первый подошел к кассе, первый отдал багаж и затем стал поодаль в позу наблюдателя и следил за лихорадочной торопливостью, с которой отъезжающие бегали, шныряли, путались и кричали, точно на пожаре.

"Кто мне равный? — думал я, — никто!" Вспомнилось мне мое детство: именно с таким радостным трепетом я ждал, бывало, Пасхи, когда в доме все убиралось по-праздничному, пол усыпался желтым песком с зеленью, а я, надев новое платье, праздновал вместе со всеми восемь дней и восемь ночей...

Вагон несется, торопится, но я тороплюсь еще больше. Я поминутно высовываюсь из окна, смотрю вдаль, вперед, в упор ветру, а то закрываю глаза и даю ветру дуть мне в лицо и трепать мои волосы. Но вот остановка. Чего они тут стоят? — говорю я с досадой. Мне отвечают, что опоздали на целый час. Слезы готовы выступить у меня на глазах, точно бы меня кровно кто обидел. — На целый час! — повторяю я. — Как им не стыдно! Наконец, мы стали подъезжать к Вильне. Я узнавал каждое место, каждую горку, каждую дорожку, где так часто бродил; все это мне такое знакомое, такое родное... И вот, я в объятиях родителей; звонкие поцелуи сыплются на меня; вся комната наполнена веселым смехом; все радуются, расспрашивают, как поживаю, тащат со всех сторон, кто к себе, кто к свету, кричат: "Покажись!.. Тот самый!" От радости я совсем опьянел. (...)

Жить за городом, как мечтал, мне не удалось; зато я имел отдельную комнату с крошечным окном, выходившим куда-то на крышу. Для меня это было особенно заманчиво, напоминая тесные мастерские голландских живописцев старых времен. Там-то я и сделал свою первую работу из дерева: старого портного-еврея, высовывающегося из окна, чтобы вдеть нитку в иголку. Не помню, каким образом эта идея зародилась у меня; да знает ли вообще художник, как зарождаются у него идеи? Для меня эта работа была первым поцелуем творчества, первым лучом света в летний день. Я работал и упивался работой. День, бывало, пройдет, а я не замечаю... Добрая мать моя приходила напоминать мне, что настал час обеда или ужина. Сумерки были временем моего отдыха. Среди работы у меня заболела рука; она болела сильно, но еще сильнее было мое увлечение; я продолжал работать и пошел к доктору только тогда, когда "Еврей-портной" был окончен.

Верно, художник иногда не знает, как зарождается у него идея, но все-таки идея всегда связана с натурой художника и с той средой, которая питает его впечатлениями. В Антокольском глубоко были заложены элементы еврейской натуры и поэтому при первом зове самостоятельного творчества он создает сцену из еврейского быта, в котором родился, рос... Не было до него никого. В нем, Антокольском, "поцелуй творчества" оплодотворил творчески одаренный народ, запретивший себе на тысячелетия искусство скульптуры.

Вот почему столько оригинальности и силы оказалось в этом горельефе размером всего с книгу.

Осенью Антокольский привез его с собой в Петербург и предложил на академическую выставку. 28 октября 1864 г. Совет Академии присудил за эту скульптуру Малую серебряную медаль, а некоторое время спустя в газете "Санкт-Петербургские ведомости" появилась статья Стасова, в которой он писал:

Прежде всего мне хочется обратить внимание читателей моих на одно произведение, которое, кажется, не довольно было замечено и оценено всеми, а наверное, заслуживало бы и того, и другого. Один, до сих пор никому не известный, в первый раз появляющийся ученик Академии некто г. Антокольский, выставил вещицу, резанную из дерева, не большую по объему, но стоющую многих больших картин и скульптур, считаемых очень важными. Перед вашими глазами окно, из которого до пояса высунулся еврей портной в ермолке, вдевающий нитку в иголку. Этот маленький, очень выпуклый рельеф — целая картина... Лицо этого старика, его углубившиеся в дело глаза, его только что не говорящие губы, его руки, совсем живые, — все это до такой степени полно жизни и правды, что долго не оторвешь глаз. Таких вещей у нас еще, кажется, никто до сих пор не пробовал делать: нашим скульпторам всегда некогда было заниматься такими пустяками, такими мелочами, как жизнь и правда, им надо было парить в заоблачных пространствах, в аллегориях и идеалах. Но теперь большое было бы счастье для нашей скульптуры, если б пример г. Антокольского не замер в пустыне, если б за хорошим начинаньем последовало еще лучшее продолжение, а талант самого г. Антокольского не остался бы без необходимого ему усовершенствования и развития.

Через год все будто повторилось: снова прикосновение к истокам и — новый "поцелуй творчества" — на этот раз — горельеф из слоновой кости и дерева "Скупой, считающий деньги". Академическая выставка 1865 г., и опять новая медаль, на этот раз — Большая серебряная. И новое громкое одобрение Стасова:

...Нынешний рельеф г. Антокольского дорог для нас не потому только, что в нем проявляется замечательный талант, от которого надо ждать многого, но еще более потому, что в этом маленьком произведении лежат задатки будущности для скульптуры нашей. Здесь яркими чертами обозначается путь, который один только возможен и необходим для скульптуры, если она не хочет окончательно умереть и исчезнуть из ряда прочих искусств. Этот путь — разрыв с прежней скульптурой, идеальной, лживой, которая способна была производить только Муз, Нимф, Парисов, Венер и все остальное, к чему глаза наши, к несчастью, слишком привыкли с детства, —

и обращение к правдивой передаче действительной жизни, бесчисленных ее сцен, типов и выражений. Путь намечен, остается по нем идти...

Материальное положение Антокольского до этого момента зиждделось на стипендии, которую назначил ему Иезевлий Гинцбург (старший из баронов-благотворителей). Теперь, после второго успеха он получает ежемесячную царскую премию.

Начали появляться друзья. Первым был Репин.

Недели две после моего вступления в Академию Художеств появился в скульптурном классе новичок, юноша, по-видимому, такой же одинокий, как и я. Он шел по живописи, но, ради толкового изучения дела, пожелал раньше полепить; он выбрал римский барельеф "Антиной", с которого и я начал. Меня поражало сходство юноши с Антиноем: правильное овальное лицо, окаймленное густыми кудрявыми волосами, правильный нос, сочныя губы и мягкие, слегка смеющиеся глаза — все это было у обоих почти одинаковое. То был ученик И. Е. Репин. Мы скоро сблизились, как могут сближаться только одинокие люди на чужбине.

А вот обратный взгляд — со стороны Репина:

На другой день в классе появился некий, как мне показалось, иностранец, уже хорошо знакомый с местом и делом техники.

Он отстегнул свои манжетки, снял воротничок, щеголеватый галстук; умело и ловко поснимал мокрые тряпки со своей глины и принялся продолжать торс Лаокоона, уже довольно обработанный. Работал он серьезно, с увлечением, часто отходил и смотрел издали на свою работу, нагибая голову то направо, то налево, и твердым, уверенным шагом спешил опять к глине.

Брюнет, с вьющимися волосами и бородкой, он был похож на Люция Вера и смотрел проницательно черными быстрыми глазами.

В двенадцать часов скучавшие за работой ученики повеселели, перекинулись остротами и пошли завтракать. Мы остались вдвоем с иностранцем.

Мне очень хотелось посмотреть поближе его работу, но я боялся помешать. Он подошел ко мне и заговорил. Сначала я едва понимал его ломаный язык и едва мог сдерживать улыбку от коверканных им слов. Однако он говорил так внушительно, и смысл его слов был так умен и серьезен, что я с уважением стал вникать. Он с большим участием дал мне несколько советов и даже помог водрузить деревянную палку в голову моего Антиноя, все еще валившуюся на сторону, — о каркасе я не имел понятия.

Через несколько минут я уже отлично понимал язык моего ментора, и мое уважение к нему возросло еще более, когда я посмотрел вблизи его работу: она удивила меня своей отчетливостью и тонкостью отделки, особенно в глубинах, сеткой — так чисто, до невозможности.

На другой день утром, до прихода интересного незнакомца, я спросил о нем товарищей: кто этот иностранец? Они переглянулись с улыбкой.

— Иностранец?.. Это еврей из Вильны. Говорят, талант. Он уже выставил статуэтку из дерева "Еврей, вдевающий нитку в иголку". О нем писали и хвалили в "Ведомостях", публика толпится, смотрит.

— И неужели некрещеный еврей? — удивился я.

— Выкрестится, конечно. Ведь им и вера даже не позволяет заниматься скульптурой, неужели же ему бросать искусство? "Не сотвори себе кумира".

В детстве я видел, как принуждали кантонистов, еврейских кантонистов, еврейских детей, креститься... И когда к нам (военным поселянам) забирался какой-нибудь еврей с мелкими товарами, мать моя всегда сокрушалась о погибшей душе еврея и горячо убеждала его принять христианство.

"Интересно поговорить на эту тему с этим умным евреем, — думал я, — но как бы это поделикатнее...".

С каждым разговором наши симпатии возрастали, и мы все более сближались.

— А как вы смотрите на религиозное отношение евреев к пластическим искусствам? — спросил я однажды его.

— Я надеюсь, что еврейство нисколько не помешает мне заниматься моим искусством, даже служить я могу им для блага моего народа.

Он принял гордую осанку и с большой решительностью во взгляде продолжал:

— Я еврей и останусь им навсегда!

— Как же это? Вы только что рассказывали, как работали над распятием Христа. Разве это вяжется с еврейством? — заметил я.

— Как все христиане, вы забываете происхождение вашего Христа: наполовину его учение содержится в нашем Талмуде. Должен признаться, что я боготворю его не меньше вашего. Ведь он же был еврей. И может ли быть что-нибудь выше его любви к человечеству.

Его энергичные глаза блеснули слезами.

— У меня намечен целый ряд сюжетов из его жизни, — сказал он несколько таинственно. — У меня это будет чередоваться с сюжетами из еврейской жизни. Теперь я изучаю историю евреев в Испании, времена инквизиции и преследования евреев.*

Идее "Инквизиции" суждено было стать идеей всей жизни Антокольского. И тут уж можно только гадать: потому это, что в ее воплощении он нашел новаторский художественный прием, или потому, что проблема еврейства в ее драматическом столкновении с враждебными силами была личной проблемой; готовность противопоставить еврейство этим силам уже была и навсегда осталась личной готовностью.

Приехал он однажды из Петербурга в Вильно, — вспоминает родственница его виленского товарища, — и на нем был академический мундир, на пуговицах которого были вырезаны еврейские буквы, с одной стороны "Мем" (M), а с другой "Алеф" (А), т. е. Маркус Антокольский. Я ему говорю: "Сумасшедший! Зачем вы это сделали? Зачем вам тыкать в глаза всем, что вы — еврей?" А он отвечает: "Я считаю для себя честью, что я еврей! Я горжусь этим и хочу, чтобы все знали, что я еврей!"

В этих же воспоминаниях дан его портрет тех дней:

Побывав в Петербурге, он сильно изменился в характере, сделался более солидным, молчаливым, избегал общества и постоянно работал. А когда не работал, то бродил один в лесу. Лес он очень любил. Как сейчас вижу его: худой, глаза горят, на голове целая копна растрепанных волос, сидит, забившись в угол, молчит и острым взглядом следит за всеми.

И еще портрет того же времени:

Увидел я человека, хотя еврейской наружности, небольшого роста, сухощавого, но с железной мускулатурой, пожатие руки с жесткой и огрубелой кожей свидетельствовало о мускульной силе и занятии ручным трудом. Его маленькие, глубоко сидящие, карие (почти черные) глаза светились умом, настойчивостью и энергией; говорил он убежденно, и сразу чувствовались независимый характер и склад ума. Помню, как нервно двигалась его челюсть и мускулы сухих впалых щек, губы как-то слегка кривились при произношении некоторых русских слов, дававшихся ему не без труда, с еврейским акцентом. При разговоре он часто ерошил чуть-чуть вьющиеся, темно-каштановые, почти черные волосы, и как-то смешно оправлял пальцем усы и бороду.**

---

* И. Репин. Далекое близкое. "Искусство", Москва, 1964.
** Из воспоминаний К. А. Савицкого в книге "В. В. Стасов. Письма к деятелям русской культуры", т. 2, "Наука", Москва, 1967.

Всем жаром своего сердца творил в тот год молодой скульптор в комнате неподалеку от Академии на углу Седьмой линии и Академического переулка.

Я жил тогда один и работал свой эскиз дома из глины, в огромных размерах, аршина в три длиною; комната оказалась мала и тесна, было неудобно и грязно. Но что все это значило в сравнении с теми наслаждениями, какие я тогда испытал! Жаль, что ты не видел самого эскиза. Сюжет взят из еврейско-испанской истории средних веков, когда евреи и мавры были изгнаны.

Многие евреи приняли тогда христианство. Но только для виду, а в душе оставались теми, чем были прежде. Их звали "мараны", и за ними особенно присматривали, но вера сильна.

Вот где-то в подвале, они собрались праздновать Пасху. Для них, чувствовавших себя несвободными, этот праздник имел свое особенное значение, так как он — память об исходе евреев из Египта... Праздник начинается вечером; трапеза убирается богато по возможности; на стол ставятся, кроме богатой посуды, еще и всякие символические яства, а главное — сушеная лепешка, "маца", приготовленная из пресного теста, на воде, без соли. Это напоминает поспешный выход из Египта, когда были принуждены брать с собою незаквашенное тесто и потом печь его на солнце. Около трапезы, конечно, на самом видном месте, устроено для хозяина дома сиденье, обложенное подушками. Хозяин сидит, опершись — символ, что он свободен, что он больше не раб. Перед ним на столе блюдо, где лежит маца; оно покрыто чистейшею материей, какая только есть в доме. Хозяин встает, высоко поднимает блюдо и торжественно произносит: "Вот бедный хлеб, который ели наши предки при выходе из Египта; теперь кто хочет, пусть придет; кто голоден, пусть насытится; тогда мы были проданными, теперь имеем надежду, а в будущем году станем детьми свободы!"

Затем он опять садится и начинаются рассказы об освобождении израильтян — рассказы, полные легендарности и чудес. Начинается трапеза: едят, пьют и поют псалмы.

Но в это время слышится шум, бряцание оружия...

Дальше передадим описание Ильи Гинцбурга[*]:

Горельеф изображает подвал со старинными каменными сводами. Случилось что-то ужасное... Опрокинут стол; скатерть, тарелки, подсвечники, — все на полу. В паническом страхе

---

[*] Илья Гинцбург. Из прошлого. (Воспоминания). ГИЗ, Ленинград, 1924.

все бегут, прячутся в огромную печь, некоторые захватили с собой молитвенники. Тут толпятся и старики, и женщины с детьми, и молодые. Остались только двое... Один — убежденный и закаленный в вере старик: на него точно столбняк нашел. Другой, помоложе, смотрит в испуге туда, откуда слышны шаги. По крутой каменной лестнице спускается жирный инквизитор; рядом с ним идет привратник, освещающий факелом ступеньки; дальше видны воины с алебардами и цепями.

Ужас, испытываемый при созерцании этой драмы, соединяется с наслаждением от талантливого исполнения этой работы.

Эскиз, выставленный на экзамене, вызвал недоумение, насмешки товарищей, неодобрение руководства Академии, хотя новый профессор скульптуры (после смерти Пименова) И. И. Рейсмерс будто бы все же рекомендовал сделать гипсовый отлив с эскиза.

А между тем, этим горельефом Антокольский внес нечто новое в скульптуру, раздвинул рамки этого вида искусств. Показав, как можно перенести действие с открытого пространства в замкнутое, — ограниченное стенами, полом, потолком, он открыл перед скульптурой возможности, ранее существовавшие только в живописи. Но это не все. Тут же он впервые берет в свои руки второй компонент зрительского впечатления, очень важный в пластическом искусстве, — свет.

Левая стена помещения с открытой дверью и лестничной площадкой за ней расположена под углом к фронтальной и это дает возможность через эту дверь, которая является сквозным проемом в горельефе, осветить всю сцену зловещим желто-красным светом. Осветить так, чтобы выхватить в полутемном подвале самое главное, прежде всего лица, повернутые к этому свету, к этому сигналу очередного бедствия народа, одна из религиозных традиций которого — помнить все его бедствия.

Поскорбим, что это был лишь эскиз. И что хоть тогда же — чуть не сразу после неудачи — он делает новый набросок, а, едва завершив его, снова сидит в Публичной библиотеке, советуясь со Стасовым (тогда и произошла их первая встреча), как можно улучшить, уточнить костюм все в той же "Инквизиции", — несмотря на это были созданы только эскизы. Их было четыре. Три из них утрачены. Остался один, да еще — этюд головы главного персонажа под названием "Натан Мудрый".

Как глубоко должно жалеть об этом!

Из всего созданного Антокольским в продолжение всей его жизни, не было у него никогда задачи более великой, сильной и обширной — здесь шла речь об угнетении, о несчастной участи целого затоптанного и мучимого племени, и сверх того, Антокольский пробовал здесь и со стороны чисто художественной, нечто совершенно новое, небывалое, неиспробованное: горельеф со множеством планов, подобно живописи, и все это, освещенное искусственным светом сбоку. [*]

"Академическая" неудача "Инквизиции" подвела черту первому периоду творческой биографии Антокольского. Но к этому периоду относится еще одна задуманная им барельефная сцена — "Спор о Талмуде": два старика-еврея горячо спорят над книгой; здесь же третий, глухой.

Интересно, что в одной хорошей, благожелательной книге (А. Д. Алферов, Марк Матвеевич Антокольский, М., 1905) автор говорит об этой сцене как о комической: два невежественных бедных еврея спорят по поводу книжки, а тот, кто их слушает, не только невежествен, но еще и глух...

Это ошибка, вполне простительная для человека, незнакомого с еврейской традицией. (Даже Стасов не все понял) . На самом же деле спорщики — люди бедные, но отнюдь не невежественные. Их предок — иудейский крестьянин — в седьмом веке до нашей эры уже не был невежественным; он был грамотным и его письменная жалоба хозяину дошла до нас музейным экспонатом.

Покройте голову и войдите в синагогу, поднимитесь на галерку и взгляните вниз. Вы увидите волнующееся страницами книжное море. Даже у самого нереспектабельного старика — своя книга. Склонясь над ней, покрывшись таллесом, он чувствует себя обособленным от всех, общающимся с Богом без посредников. Такова традиция и потому она ставит (должно быть, непостижимо для людей других религий) Учение перед Верой.

Учение ведет к самостоятельному прочтению Торы (Пятикнижия) , отсюда — самостоятельное осмысление ее и запись этого осмысления — Мишна; отсюда — самостоятельное осмысление Мишны и запись этого осмысления — Гемара, а вместе с Мишной — Талмуд. Отсюда самостоятельное осмысление Талмуда, спор над ним.

Это — непрекращающаяся традиция самостоятельной мысли, живущая и в богатом, и в бедном, и в том, кто выглядит иностранцем, и в том, кто выглядит невеждой.

Вот почему глухой прислушивается: он знает древнее слово не на слух. Он читал, понимает предмет спора, по выразительной мимике и жестикуляции с интересом следит за турниром умов, но... имеет собственное мнение.

Страсть к идеям, глубоко сидящая в каждом еврее, даже когда

[*] В. В. Стасов. Марк Матвеевич Антокольский. Биографический очерк.

40

он голоден, даже когда он глух, образует отнюдь не комическое явление. И это могло бы, должно было бы быть передано Антокольским средствами пластики... но не было. Были сделаны только эскизы голов двух спорящих — Боки и Херифа — и это были последние две капли, упавшие из пересыхавшего источника.

Началась внутренняя перестройка и, будучи в Вильне в этот период, он избегал людей, искал только природу.

> ...Устав, я ложился на спину и отдыхал; глядел сквозь ветви деревьев на глубокую синеву высокого неба и на причудливые формы серебристых облаков, гонимых ветром; прислушивался к шелесту деревьев, точно разговаривавших между собой и кивавших верхушками, как головами, любовался и закатом солнца... Наступали сумерки, лес становился мрачен и угрюм, и я спешил домой, хотя голодный, но вполне довольный... Часто по ночам я не мог спать. Звонкие трели соловья приводили меня в восторг. Какая-то внутренняя сила кипела во мне; я чувствовал себя бодрым, веселым, мне хотелось бегать, хохотать, — одним словом, я жил полной жизнью.
>
> (...) Я нарочно остановился на моем житье-бытье в деревне, потому что оно было для меня последними радостными, безоблачными днями юношества. Мне было тогда...

*   *   *

Мне было тогда сорок два года — в 1972 году, когда я подал документы на выезд и получил отказ.

Я был далеко не один такой. Уже образовалось к тому времени некое множество, появился термин "отказник". Москвичи пробовали называть себя "отказантами" — не привилось. Русский суффикс "ник" — явно уместнее. Незадолго перед тем этот суффикс попал в английский язык со словом sput-nik; теперь там появилось другое — refuse-nik.

Новая категория людей быстро выросла числом, образовав целую социальную группу. Она явилась как бы твердым осадком на стенках того отверстия, через которое пошел поток эмиграции; отложением, которое ограничивало этот поток не столько прямо, собственной массой, сколько косвенно — через устрашение примером.

Как и полагается по марксистко-ленинским научным канонам, социальная группа отказников вполне определена ее отношением к средствам производства: она состоит из людей, потерявших в результате попытки эмигрировать связь со всякими средствами, т. е. потерявших работу.

Но все же (да простят мне "столпы"!) гораздо ярче ее психоло-

гическое отличие от всех прочих социальных групп в Советском Союзе.

С этой стороны — это группа людей решительных, уже широко
шагнувших и... застрявших в дверях. Конечно, раздражение еще при-
бавляет решительности, но не оно здесь — главное. Главное же то, что
это люди, свершившие свой первый акт гражданского мужества, "от-
крывшие" в этом акте самих себя, познавшие азарт противоборства
и радость самоуважения; распахнувшие вслед за тем мир неведомых
доселе книг и общений, а через него — мир неведомых ранее понятий
и знаний; возродившие в себе уважение к своей национальной при-
надлежности, к языку, истории и традициям своего народа; наконец, —
взявшие на себя героическую миссию первыми применить здесь — в
России западные формы общественного протеста, — эти люди в результате собственного опыта претерпевают дальнейшую внутреннюю пе-
рестройку, с каждым часом все более отчуждаясь от той огромной
инертной массы, которая продолжает физически заключать их в себе.

Выключенные из привычных форм трудовой жизни, сидящие на
пожитках, упакованных в коробки из-под финских яиц, но остаю-
щиеся интеллектуально активными, а сейчас еще и возбужденные,
вдохновленные вновь найденной национальной идеей, они ищут и находят способы реализации себя в этих условиях...

А за ними по пятам ходит КГБ...

Это сокращение тоже нынче вошло в иностранные языки. В разные времена они назывались по-разному: МГБ, НКВД, ЧК... в XVI веке
они назывались опричниной — эти псы государевы, натравленные на
крамолу.

Во всех странах существуют службы, которые стерегут свои се-
креты, добывают чужие, но нигде нет того, что есть здесь, в России, где
каждый пронизан леденящим чувством, что агенты КГБ, как мыши,
бесшумно прохаживаются у него под полом: слушают, записывают,
приговаривают...

14 апреля 1977 года мне довелось увидеть этих мышей на крыше
дома. Я поехал в Москву с очередной бесполезной жалобой на отказ.
Сдав бумагу в окошечко какого-то "центрального органа" и освобо-
дившись таким образом от рутинной обязанности перед самим собой,
я направился к улице Архипова, лихим завитком взбегающей к зданию
синагоги чуть не в самом центре Москвы.

14 апреля — день катастрофы: во всем мире, кроме Советского
Союза, принято чтить память шести миллионов евреев, погибших во
второй мировой войне; посвященный этой памяти "день катастрофы" принято отмечать в день восстания варшавского гетто.

Не забыли об этом московские отказники. Они кротко попро-
сили городские власти разрешить скромный траурный митинг возле
синагоги. Ответом их не удостоили — его заменили угрожающие при-

готовления. Когда я подходил к улице Архипова, меня обогнали два милиционера с карманными рациями, которые шагали решительно и молча, как будто шли на смертный бой. Они присоединились к группе, которая образовала милицейскую пробку в начале улицы. Такая же пробка была и вверху, в конце улицы. А в середине, перед синагогой, стояла горсточка бледных молодых людей с бородками, пришедших сюда только затем, чтобы предупредить остальных, что митинг переносится — подальше от греха — на квартиру к бывшему до отказа киносценаристом Феликсу Канделю.

Тройка плотных верзил в штатском отделилась от нижней пробки, неспеша прошла сквозь группу отказников и остановилась поодаль.

— Видишь этого бугая слева, — сказали мне, — это он ходил за Толиком перед его арестом.

Да, за месяц до того, 15 марта 1977 г. был арестован Анатолий Щаранский, 29 лет. Окончил школу с золотой медалью, московский физикотехнический институт — с отличием; в 15 лет — кандидат в мастера по шахматам; с 1973 года безуспешно хлопотал о разрешении на выезд в Израиль.

Газета "Известия" дала статью с фотографией куска какой-то трубы: Щаранский обвинялся в шпионаже и государственной измене. Это было знамением нового этапа в отношении властей к активности отказников, зловещим напоминанием о "высшей мере"...

Я разглядывал бугая, когда мое внимание перевели на нечто еще более интересное:

— А такое ты видел?

Нет, такое я видел впервые: мыши, которым полагается жить под полом, были на крыше. Перед синагогой на другой стороне улицы — забор, за ним — пустырь, а далее — каменная стена, к которой с обратной стороны примыкает крыша какого-то строения. На этой крыше они и стояли. В одинаковых шляпах, черных пальто и белых рубашках с галстуками. Двое и еще трое. Стояли ладно, по-хозяйски, как стояли бы и смотрели на Москву с кремлевской стены.

Мы поехали к Канделю, оттуда я едва успел на ночной поезд в Ленинград, а, вернувшись, прямо с поезда поехал в Лавру и здесь, на дорожках Некрополя мастеров искусств опять забыл обо всем, кроме головы Антокольского.

Я бывал здесь раньше много раз, но сейчас впервые отметил авторство И. Я. Гинцбурга в скульптуре надгробий Мусоргского, Бородина, Стасова. Все три надгробия стилизованы в русском духе, но особенно — последний: здесь он — и в славянском вензеле на решетке, и в стилизованной надписи на камне, а более всего — в самой огромной горельефной фигуре Стасова — в его шароварах, сафьяновых сапогах, русской расшитой рубахе, перепоясанной кушаком, в том, как он стоит подбоченясь.

Здесь, у одного из самых популярных в некрополе надгробий меня не мог миновать ни один экскурсовод, оставалось только выбирать. Пропустив несколько экскурсоводов-женщин, я остановился на первом же мужчине... и ошибся. Он слушал меня настороженно и вдруг оборвал чуть не истерически:

— Вы не из моей экскурсии! Я заметил — вы присоединились! — У него были большие уши торчком и какая-то плесень на лице.

Тогда я начал обращаться к женщинам: одной, другой... Мне объяснили, что раз на могиле Антокольского есть надпись "охраняется государством", то она безусловно должна быть в ведении музея городской скульптуры, но так как на еврейском кладбище у музея нет филиала (есть на "Литераторских мостках" Волкова кладбища), то никто из экскурсоводов ничего не скажет. Нужно обратиться к научному сотруднику.

Я обратился. Молодая сотрудница ничего не знала, не знала даже, что Антокольский — на еврейском кладбище. Все же она была научным сотрудником и, по крайней мере, слушала с интересом, подивилась, почему я — не специалист — интересуюсь всем этим и посетовала на то, что специалисты не успевают читать, так как очень загружены отчетной работой.

Она сняла с полки книгу (это был первый том четырехтомника Вл. Ив. Саитова "Петербургский Некрополь", С-Пб., 1912) и там мы прочитали:

"Антокольский, Марк Матвеевич, скульптор
1842-1902.
Бронзовый бюст работы ученика его Гинцбурга.
Еврейское Преображенское кладбище".

Итак, утраченная деталь — все-таки работа именно Гинцбурга! Но — какой бюст? Где он? Где искать его следы?

Ответов на эти вопросы пока не было, но нить поиска не оборвалась — мне предложили гипотезу.

В двадцатые годы, когда Ленинград был в послереволюционной разрухе, в городе разворовывалось все, что плохо лежало, в частности — кладбищенские памятники.

Возникшее в те годы общество "Старый Петербург" ставило своей задачей спасение памятников, имеющих историческую или художественную ценность; то, что можно было снять, попросту снимали и где-то прятали. Может быть — и бюст Антокольского?!

Нужно найти архив этого общества, который хранится либо в "сенате" — в Центральном историческом архиве, либо в ЛГАЛИ — Ленинградском отделении Государственного архива литературы и искусства.

14. И. Е. Репин. Портрет Антокольского за молитвой. 1866
    I. Y. Repin. Portrait of Antokolsky at prayer.

15. М. М. Антокольский. Еврей-портной. 1864
M. M. Antokolsky. The Jewish Tailor

16. М. М. Антокольский. Скупой, считающий деньги. 1865
M. M. Antokolsky. The Miser Counting His Money

17. М. М. Антокольский. Нападение инквизиции на евреев в Испании во время тайного празднования ими Пасхи. 1867—1902

M. M. Antokolsky. The Descent of the Inquisition on a Jewish Family in Spain at the Feast of Passover

18. М. М. Антокольский. Натан Мудрый. Эскиз к барельефу "Инквизиция"
M. M. Antokolsky. Nathan the Wise. Study for the bas-relief "Inquisition"

19—20. М. М. Антокольский. Боки и Хериф. Эскизы к барельефу "Спор о Талмуде". 1867

M. M. Antokolsky. Bokey and Hariv. Studies for the bas-relief "The Talmudic Debate"

Глава 4.

КРИЗИС, ЭЛИАСИК, АЛЕКСАНДР II

> Мне было тогда двадцать три года, и моя жизнь вступила в новый фазис, полный забот, неудач и мучений (...). Я вернулся в Петербург, поселился с Репиным в одной комнате, и в эту зиму со мной ничего особенного не случилось.

Творческая потребность угасла в Антокольском, угасла потому, что лежащий в начале всякого творчества опыт образов и ощущений стал претерпевать полную ломку и реконструкцию.

Кровать Репина стояла в углу, голова к голове с его кроватью. Между ними — столик со свечой и книгами. Заполночь читалась греческая философия, Бокль, Дарвин, исторические романы и все лучшее, что было в русской литературе.

С Репиным вошел Антокольский в круг его товарищей-малороссов.

> Скоро из нас составился тесный кружок. Мы часто собирались, передавали друг другу академические новости, читали, спорили, шумели, пели и расходились только поздно ночью. Впоследствии к нам присоединились, кроме товарищей по Академии, также и некоторые слушатели университета, и кружок принял несколько более систематическую организацию. После вечернего класса мы собирались у каждого по очереди; хозяин угощал чаем, калачами, маслом и сливками, да и светом, необходимым для рисования. Каждый из нас по очереди позировал; один читал вслух, а прочие, молча, притаив дыхание, рисовали и страшно потели. Да и как было не потеть! Собиралось нас человек 12-15, все в шубах, в теплых пальто, у всех были галоши и палки; все грудой сбрасывалось в одну и ту же комнату — часто такую, что негде было повернуться — на пол, на кровать, где попало. Мы пили чай, самовары наставлялись по нескольку раз, пар столбом стоял и жара была невыносимая. Мы шутили, острили, рассказывали были и небылицы. Иногда горячо начатый спор прерывался рисованием. Во время отдыха спор возобновлялся, но чаще составлялся хор; пели все, что знали: и из "Волшебного Стрелка", и из "Жизни за царя", по преимуществу же — малороссийские песни.

А в дневнике появляется скорбная запись: "В эту зиму я, кажется, ничего не создал..."

С нетерпением ждал Пасхи и, не дождавшись, уехал домой. Без прежнего восторга провел лето в Вильне и вернулся в Петербург до начала занятий. А здесь снова оказался во власти неудовлетворенности и сомнений в значении искусства.

Если в искусстве ничего нет, если оно только праздная забава, то отчего оно так сильно влечет меня к себе? Отчего я отдался ему, оставив родных, отрекшись от молодых страстей? Отчего оставил сытный кусок хлеба и пошел голодать на чужбине, чуть не протягивая руку с просьбой о милостыне? Искусство... Что такое искусство? Почему я так страстно полюбил неизвестное?.. Красота... почему ты не открываешься мне? Неужели, увидев тебя, узнав тебя, я тебя не полюблю? Ведь ты должна быть идеалом моей будущности, моей жизнью. Неужели все знают то, чего я так сильно добиваюсь и не знаю? Отчего же я не могу разрешить разрешенного другими? Как я завидую им!.. Да, я тогда завидовал всем и каждому. По целым ночам я бродил вдоль набережной во время тихих, чудных белых ночей, свойственных только Петербургу. Иногда, от досады, у меня готовы были выступить слезы; какая-то внутренняя злоба пробуждалась во мне... Я грозил кулаками... Кому? За что? Себе за свое незнание... По часам смотрел я на небо, на Академию художеств, облитую ночным холодом и светом, на гранитных сфинксов, гордо и молчаливо стоявших тут же у спуска к Неве, точно два стража; на общий вид набережной, убегающей вдаль, и на дрожащие огненные столбы, отражающиеся на поверхности воды от корабельных фонарей. Все это было спокойно, величаво и молчаливо... Мне вспоминалось еще недавнее прошлое: во время моего первого приезда я тоже ходил вокруг Академии. Я сравнивал мои тогдашние чувства с теперешними... Какая разница между ними! Скажи: неужели сфинкс есть эмблема твоя, Академия?
  Полный усталости, я уходил домой тем, чем и пришел...

Зимой умер профессор Реймерс. Антокольский сильно чувствовал его потерю; жизнь в Академии, уже раньше переставшей удовлетворять его, стала совсем неприглядной и он задумал испытать другую академию — берлинскую.

Эта попытка оказалась совершенно неудачной; после осмотра берлинских музеев и нескольких бесполезных визитов он отбросил мысль об учебе, заперся и в чужой Германии начал снова свою "Инквизицию" — на этот раз в гораздо меньшем виде, из воска и дерева.

Выходил на улицу разве что по необходимости: город не нравился, выставки не привлекали... все было невкусно в Берлине: и "русский" чай, и немецкий реализм. Разглядывая одного свежеиспеченного "реалистического" "Фавна" с козлиными ногами, Антокольский думал: "Нет, видно, хорошо там, где нас нет. Дома не хорошо, и на чужбине не лучше, в особенности мне, одинокому, бродящему здесь, как в лесу".

Он буквально бежал оттуда без гроша в кармане, едва добрался до Вильны, а уже оттуда — до Петербурга.

В этот период Антокольский достигает низшей точки духовного спада.

> Трудно мне описать тогдашнее мое состояние, трудно по двум причинам: не сумею, да и тяжело вспоминать. Бывали минуты, когда я сам себя не узнавал. Я иногда блуждал, как тень, или сидел по целым вечерам дома и думал впотьмах, а думы мои были темнее ночи.

Кажется ему, что и товарищи стали иначе к нему относиться, считая пропащим. Подошли экзамены. Он опять выставил свой эскиз "Нападение Инквизиции на евреев", выставил просто потому, что "нагой разбоя не боится" — будь что будет, хуже быть не может..."

Однако, тут пришел неожиданный успех: премия с денежным вознаграждением...

Этот случайный факт явился как бы знамением перелома. Новый опыт образов и ощущений достигает к этому времени той степени наполнения, которой уже достаточно для нового подъема творческой активности, нарождения новой волны вдохновения, повернутой теперь в другое русло.

> В жизни моей начался новый период, и печальней и радостней прежнего...

Поворотясь к России, Антокольский начинает работу над "Иваном Грозным" — одной из центральных фигур в русской истории, весьма знаменательной с точки зрения национального характера.

Ему, "Ивану Грозному", суждено было принять в себя мощный созидательный порыв молодого Антокольского, первый в его зрелые годы и, кажется, самый сильный за всю его жизнь.

> В жизни моей начинался новый период, и печальнее и радостнее прежнего. То была последняя брешь, которую оставалось пробить, чтобы завладеть жизнью, свободой, творчеством, независимостью — всем, чем я теперь владею, что мне дорого... Другого исхода не было; я шел не останавливаясь, не чувствуя своей усталости, бросаясь вперед, борясь на жизнь и на смерть... Победил! А сам встать не мог...
> Теперь я уже не был прежним юношей, блуждавшим по ночам вдоль набережной и у м о л я в ш и м з в е з д ы в р а з у м и т ь е г о, с к а з а т ь е м у, ч т о т а к о е и с к у с с т в о, н а у ч и т ь, к у д а и к а к и д т и... Теперь я знал себя, знал и свою дорогу. Пусть сто тысяч раз скажут, что я заблуж-

даюсь, я всегда отвечу, что все ошибаются... что все — слепцы, а я зрячий. Кто отрицает искусство, тот заслоняет от себя солнце, того жизнь холоднее Ледовитого океана, тот никогда не бросался на шею матери и никогда, ни перед кем не изливал своих чувств горя или радости. Если бы меня спросили, кто я, я отвечал бы: — ''Художник''; живу одною жизнью, но она наполнена другими жизнями, я чувствую чувства других людей, всех их одинаково люблю, все они мне дороги; я радуюсь их радости, но еще ближе мне их печаль... Люди — это мои арфы, нервы их для меня — струны; своим прикосновением я хочу пробуждать в них любовь, чувство добра''... Слаб я был тогда телом, но дух мой бодрствовал. Я был тогда в том переходном возрасте, когда кажется, что весь мир можно обнять, когда нет пространства, нет препятствий. Подобное состояние бывает только раз в жизни, и никогда больше не повторяется. Но к делу.

Я давно задумал создать ''Ивана Грозного''...

Однако, оставим на время ''Ивана Грозного'', чтобы отметить, что то лето 1870 года оказалось переломным в жизни еще одного человека, причастного к этому рассказу.

Во время очередного приезда Антокольского в Вильну ему представили одиннадцатилетнего мальчика Элиаса Гинцбурга.

Встреча произошла в магазине старика, резчика печатей, Гриллихеса, в большой степени способствовавшего поддержанию интереса к скульптуре, возникшем в ребенке, который в силу традиции должен был бы следовать за отцом — раввином и духовным писателем.

Маленького роста (он и всю жизнь оставался маленьким и до зрелых лет звался Элиасиком), с большой коробкой своих работ, вырезанных из камня с помощью жалких гвоздей, стоял он перед уже знаменитым в Вильне Антокольским.

В моем воображении великий скульптор всегда представлялся мне почему-то человеком небольшого роста, просто одетым и добродушным. Но я увидел щегольски одетую небольшую фигуру, на плечи которой был небрежно наброшен коричневый плед, а одна рука была в перчатке. Обратил на себя мое внимание красивый, выпуклый, белый лоб, над которым подымалась шапка курчавых черных волос. Глубоко сидящие черные глаза пронзительно на меня посмотрели.

Я оробел. Лицо показалось мне суровым и строгим. Особенную суровость придавали Антокольскому крепкие, прямые волосы на бороде и на усах. Все лицо его дышало энергией и, в то же время, некоторые черты его лица выражали какое-то недовольство.

Внимательно осмотрев мои работы, Антокольский привлек меня к себе и, стараясь поднять мою упорно опущенную голову, спросил:

— А хочешь со мной поехать в Петербург? Там будешь у меня заниматься. Хочешь?[*]

Однако, одного желания Элиасика, как бы жгуче оно ни было, — было мало. Мать была категорически против, отца уже давно не было в живых, а остальные — родственники и знакомые, хоть и очень желали, чтобы Антокольский взял с собой одаренного мальчика в Петербург, решать не могли.

И вот, под давлением знакомых, а главное — сестер, брат придумал следующее: он передаст решение этого дела дедушке и совещанию его с другими набожными евреями. Это совещание, или суд, должно было иметь решающее значение для матери, ибо она обожала дедушку, который был известен во всем городе, как набожнейший и честнейший человек. К нему часто обращались за советами по разным делам, и он нередко бывал третейским судьей. Его почитали как богатые, так и бедные, как религиозные, так и свободомыслящие евреи. С другой стороны, брат слагал с себя ответственность в случае, если бы решение дедушки противоречило решению матери.

Таким образом, я снова предстал перед судом, но на этот раз еще более страшным и неумолимым. Сердце мое билось еще сильнее, ибо я был убежден, что работа моя, одобренная великим авторитетом, зависела теперь, как и моя судьба, от приговора старых людей, никогда не видавших никаких произведений искусства и по религиозным взглядам своим осуждавших скульптуру. Брат предварительно рассказал дедушке об Антокольском и о моих работах. Дедушка удивился, что мать раньше ничего ему не говорила о моих безделушках   (мать боялась этим огорчить его). И вот я с трепетом показал ему свои камешки. Бабушка, вечно живая и суетливая, полюбопытствовала первая и, увидав их, всплеснула руками и воскликнула:

— Да ведь это идолы! Даже грешно смотреть! Это погано для еврейского глаза!

"Пропало мое дело, — подумал я, — провалился я, несчастный".

Но смотрю: дедушка держит моих идолов крепко в руках. Он тщательно их рассматривает, улыбается, качает головою, гладит меня по голове, приговаривая:

— Какой ты искусник, как у тебя все точно и верно. Ничего не пропустил.

И это говорил семидесятипятилетний старец, никогда в жизни не видавший ни одного скульптурного изображения. Недаром я всегда обожал его больше, чем всех людей на свете,

[*] Илья Гинцбург. Из прошлого. ГИЗ, Ленинград, 1924.

и неоднократно мечтал бросить все, все шалости и работы, и сделаться таким, как он — бедным и святым.

Решение дедушки было таково: слишком важно то обстоятельство, что чужой человек хочет принять близкое участие в судьбе мальчика; вероятно, очень уж важно значение, которое он придает его работе. С другой стороны, слишком велико имя отца мальчика, слишком велики заслуги его в еврействе, чтобы на том свете он не отстаивал сына перед всякими соблазнами, чтобы везде, где бы сын его ни был, не охранял его от врага. Все с этим согласились и решили отпустить меня в Петербург.

Заручившись согласием дедушки, брат передал меня Антокольскому.[*]

Антокольский взял на себя и менторскую, и материальную, и духовную опеку над мальчиком: поселил его с собой, учил скульптуре, следил за тем, чтобы он молился утром. В скульптурном классе он поместил Элиасика позади себя, давая одно учебное задание за другим и очень скоро маленькому Гинцбургу была доверена лепка барельефов на кресло "Ивана Грозного" — работа эта у Антокольского тогда уже кипела.

Я принялся за работу со всею энергией, которою обладал: под напев гнул железо, устраивал каркас, начал обкладывать фигуру с лихорадочною торопливостью... Работал, не чувствуя ни усталости, ни голода, сердился, волновался, гримасничал: То сжимал рот, то раскрывал его, удерживая дыхание... Так продолжалось дело час, два, шесть... Мне хотелось передать все то, что я чувствую, все, что пережил, вложить свою душу в эту глину, вдохнуть в нее жизнь... Каждый штрих, каждый мазок я делал с трепетом... Так проходил день и наступал вечер; идя по набережной, я машинально смотрел на кипучую ее жизнь, на корабли, на целый лес мачт, на здоровых носильщиков, а передо мной — все он, недовершенный образ... Я уносил его домой и засыпал с ним, нетерпеливо ожидая завтрашнего дня.

Прошло шесть недель. Работа быстро подвинулась, почти на половину; передо мною уже сидел манекен; складки клались удачно и я продолжал работать с жаром. Знакомые заметили мою худощавость, черноту под глазами... но я смеялся, говорил, что у меня теперь масленица, что чернота под глазами, пожалуй, есть, но худобы никоим образом быть не может.

Работу, начатую летом в скульптурном классе, осенью пришлось прервать: когда кончились каникулы, из канцелярии академии пришел приказ немедленно освободить мастерскую и перенести работу на

---

[*] Там же.

56

четвертый этаж. Пришлось перетаскивать сорок пудов мокрой глины по узкой винтовой лестнице. Однако, и там работа продолжалась в не-ослабевающем темпе, невзирая на тесноту комнаты под крышей, сквоз-няк, начавшуюся болезнь... И вот она подошла к концу. Между тем, ее еще ни разу не видел никто из профессоров.

Антокольский уже ходил к начальству, приглашал, ждал, напо-минал, опять ждал — все напрасно: преподаватели скульптуры в ака-демии давно уже существовали как-то отдельно от своих учеников. На-брался дерзости и пошел к вице-президенту, князю Гагарину. Тот при-шел смотреть немедленно, а через несколько дней по его совету приш-ла вел. княгиня Мария Николаевна, тогдашний президент академии и сестра царя Александра II. И вот объявили, что сам Государь Импера-тор желает осмотреть "Ивана Грозного". Тут все пришло в движение.

> Всю ночь в академии происходили спешные приготовления: провели газ в четвертый этаж, проломали дверь, идущую из церкви в коридор, по котрому должен был пройти государь. На следующий день в вестибюле весь академический синедрион в орденах и лентах собрался в ожидании царя, который, при-ехав со своей свитой и холодно поздоровавшись с профес-сорами, поднялся наверх и вошел в маленькую мастерскую Антокольского, где, кроме царя и его приближенных, никто не мог поместиться. Совет остался в коридоре. Но вот выходит государь и, обращаясь к Антокольскому, говорит: "Поздрав-ляю, статую приобретаю из бронзы", — и, кивнув головой в сторону профессоров, удаляется. "Что вы наделали, — закричал конференц-секретарь после отъезда царя. — Царь вами недово-лен, он был немилостив, поскорей исправляйте ошибку, подни-митесь наверх и дайте звание. Но смотрите — такое, чтобы царь понял, что вы исправились". И старики спешат наверх и, не ус-пев хорошенько осмотреть работу, решают единогласно при-судить ему звание академика, звание, которое обыкновенно дается после получения четырех серебряных медалей, двух зо-лотых и после шестилетнего заграничного пенсионерства.[*]

Между прочим, это был не первый случай, сведший Антокольско-го с Александром II. Впервые увидел он его и проникся к нему уваже-нием еще будучи пятнадцатилетним мальчиком. Тогда, в 1858 году им-ператор приехал в Вильну и, проявив беспрецедентную тогда (доба-вим — и ныне — в СССР) терпимость, посетил синагогу и раввинское училище.

Для Антокольского это был тогда акт уважения к вере его наро-да. Теперь же, двенадцать лет спустя, уважения Александра II удостоил-ся он сам, его талант.

---

[*] Статья "Статуя Ивана Грозного" в кн. Скульптор Илья Гинцбург. Вос-поминания. Статьи. Письма., Худ. РСФСР, Ленинград, 1964.

Однако Александр II смотрел незаконченную работу: Иван IV сидел перед ним неотделанный и "босой" — без сапог. Потребовалось еще более двух месяцев напряжения, прежде чем Антокольский бросил стек, завершив образ, известный теперь в России каждому школьнику.

...знаешь ли ты грозный образ мой? В нем дух могучий, сила больного человека, сила, перед которой вся русская земля трепетала. Он был грозный; от одного движения его пальца падали тысячи голов; он был похож на высохшую губку, с жадностью впивавшую кровь... и тем больше жаждал. День он проводил, смотря на пытки и казни, а по ночам, когда усталые душа и тело требовали покоя, когда все кругом спало, у него пробуждались совесть, сознание и воображение; они терзали его, и эти терзания были страшнее пытки... Тени убитых им подступают, они наполняют весь покой — ему страшно, душно, он хватается за псалтырь, падает ниц, бьет себя в грудь, кается и падает в изнеможении... На завтра он весь разбит, нервно потрясен, раздражителен... Он старается найти себе оправдание и находит его в поступках людей, его окружающих. Подозрения превращаются в обвинения, и сегодняшний день становится похожим на вчерашний... Он мучил и сам страдал. Таков "Иван Грозный". Но вот вопрос: почему он остался у народа таким легендарным? Почему воспевают его? Почему его лик до сих пор заманчив для нас? Почему мое изображение его так понравилось и приковало всех? Не потому ли, что мы любим сумерки?..

"Мы", — говорит здесь Антокольский. Но что общего он имеет с теми, кто любит сумерки? — Только то, что он понял их.

В мастерскую пришел Тургенев, потом Стасов, появились статьи... "Подобной силы и глубины выражения, подобной реальности и правды не представляло еще до сих пор отечественное ваяние" — писал Стасов.

Хлынул народ, посыпались приглашения...

Чувствуешь ли ты, друг мой, мое торжество? Я заснул бедным — встал богатым; вчера был неизвестным — сегодня стал модным, знаменитым; был ничем — и сразу сделался академиком. Но розы не без шипов. Меня не огорчали сплетни и наветы, которые, к сожалению, в подобных случаях никогда не отсутствуют... Сплетня, как фальшивая монета, имеет свою сомнительную ценность только у тех, кто ее сбывает, — народ же сначала верит и обманывается, но, в конце концов, как фальшивая монета, так и сплетня излавливаются и исчезают из обращения... Мое торжество было помрачено тем, что я узнал, в каком опасном положении находится мое здоровье;

говорили даже, что я болен безнадежно. По словам Боткина, я остался жив только по причине расовой выносливости.

Вот так: первый широкий успех стоил здоровья и пришел рука об руку с первыми нападками.

Нездоровье Антокольского и ссылки на рекомендацию знаменитого Боткина во всех советских исследованиях объясняют (вслед за ним самим) последовавший за этими событиями выезд Антокольского в Италию.

Нездоровье-то нездоровьем, да если бы только оно, то недолго бы он лечил там свою болезнь, а то вышло, что — всю жизнь.

Не в этом только было дело, и не в том, что Италия манила, а в том, что Россия, едва пригрев, приблизив и возвысив, уже уязвляла и отторгала...

* * *

Всем, всем отторгает меня эта страна... и не отпускает. — Чисто фараонские штучки!

Какие еще нити между мною и ней не отгнили за эти пять лет моего исхода? — Семья уехала, работа потеряна, квартира заселена соседями, телефон отключен... — это все — в личном плане. Но меня отторгают еще и в общественном плане — всем политическим содержанием радио- и телепередач, газет. Стараешься не видеть и не слышать, но не удается — и в глаза, и в уши лезет душевная отрава, жжет.

Тяжело иноплеменнику жить в обществе, организованно поносящем страну его народа. Тяжело, но можно, — можно приспособиться — хотя бы внешне отмежеваться от этой страны. Невыносимо, если поношению подвергается то, что коренится в самом понятии нации, то, от чего нельзя отмежеваться. Человек тогда кричит от боли:

ПИСЬМО В РЕДАКЦИЮ "ПРАВДЫ"

С 1920 года я постоянно читаю орган ЦК КПСС газету Правда.

За последние годы в наших газетах печатаются карикатуры на Израиль с изображением шестиконечной звезды.

В газете Правда от 1/XII 76-го за № 336 есть рисунок Д. Агеевой "Тель-Авивский движитель" с изображением еврейской звезды внизу, над ним ЮАР без их эмблемы.

4/XII 76 г. за № 339 рис Б. Воробьевой — карикатура на Тель-Авив, конечно, с еврейским знаком, а рядом ЮАР, конечно, без их знака.

Есть государства, где беспощадно расстреливают коммунистов, демократов, подавляют свободу. Художники Агеева, Воробьева, Фомичева и компания никогда не изображают в виде карикатур ни христианского креста, ни исламского, ни других знаков, боясь оскорбить их национальные чувства, а еврейского — можно.

Еврейская шестиконечная звезда это не только израильская, где проживает всего 20% евреев, но и евреев всех стран мира, считающих себя евреями.

Наши предки покоятся под шестиконечной звездой, и я считаю оскорблением их памяти карикатуры на еврейскую звезду.

Кровь шести миллионов евреев, истерзанных фашистами под шестиконечной звездой, еще не высохла. Фашисты заставляли евреев носить шестиконечную звезду на груди, на голове. Агеевы, воробьевы и компания изображают звезду на голове и где им вздумается.

Вполне естественно, что у евреев поношение шестиконечной звезды воспринимается как оскорбление памяти миллионов загубленных жизней — их братьев. Еврейская звезда пережила испанскую инквизицию, царизм, Деникина, Гитлера-Геббельса, переживет агеевых, воробьевых и компанию.

Сообщите, будет ли еврейская звезда такой же равноправной, как и другие эмблемы, и что должны делать евреи, чтобы не оскорбляли их знака, под которым сожжены заживо их родственники.

Ильягуев

Редакция газеты ПРАВДА
125867, Москва, ул. Правды, 24
тел. 253-15-69

№ 226161/35

Уважаемый товарищ Ильягуев!
Ваши замечания будут учтены в дальнейшей работе. Спасибо за внимание.
Отдел иллюстраций   /подпись/

Я не знаю, кто такой Ильягуев (приведенные материалы я нашел в самиздатовском журнале "Евреи в СССР"), но представляю себе старого и больного человека, у которого нет сил для выезда в Израиль. Он вообще мало двигается, и чтение газет давно стало для него навязчивой привычкой.

Мне все же легче: я живу надеждой на выезд и увлечен поиском. Вот и сейчас спешу, почти бегу по улице Воинова, направляясь в архив ЛГАЛИ. Я двигаюсь по ее левой стороне — она залита веселым летним солнцем, и по ней идут прохожие. В то же время правая тенистая сторона — пустынна. Там, на углу Литейного проспекта, высится, давит на город серый гранит "Большого дома". Службы управления КГБ протянулись по Литейному проспекту на квартал от Воинова до Каляева и еще на квартал от Каляева до Чайковского. С недавнего времени и соседние здания по улице Воинова одно за другим расселялись, ремонтировались и присоединялись к зловещему кубу. Теперь и здесь почти весь квартал — КГБ, и стены замерли, тротуар обезлюдел, только постовой на углу.

Но я не смотрю туда, в тень, мне — в архив искусств, на солнечной стороне.

В вестибюле — милиционер (только став отказником, я увидел, как много вокруг всякой "охраны"). Специальных документов у меня нет, поэтому пришлось объясняться, оставить внизу паспорт и портфель. Зато в кабинете директора удача как будто ждала меня:

— "Старый Петербург"? Да, эти документы — у нас. — Он сделал одно движение, раскрыв какую-то папку, и закончил: — У нас материалы за 1921-1934 годы. Всего 540 дел. У нас можно работать по средам до 20-ти часов. Отношение у вас с собой?

— Какое отношение?

— Как — какое? Отношение от вашей организации о том, что вам доступ к этим документам необходим для научной работы. Здесь — архив!

"Надо же! Ключ к решению может быть рядом и — недоступен. Надо что-то срочно придумать".

И я придумал. Я бегу через дорогу на угол улицы Чернышевского. Там последний дом "теневого" квартала — здание церкви "Всех скорбящих" (начало XIX века, арх. Руска) КГБ не заняло — оставило ленинградскому отделению общества охраны памятников истории и культуры.

Я сижу перед сотрудником и снова рассказываю историю памятника истории и культуры. Я готов стать членом общества, участвовать в его работе в качестве фотографа, кинолюбителя, выполнить какую-нибудь общественную работу. Мне нужно только отношение.

Сотрудник смеется:

— Если бы вы были нашим постоянным и старым — я подчеркиваю — старым работником, то и тогда этот вопрос решался бы не просто и обязательно — с участием партийных органов. Речь идет об архиве, сами понимаете!

В общем-то я понимал, не вчера родился. И все же посещение общества было не бесполезным; я с интересом дослушивал сотрудника:

— Это, конечно, интересно, — то, что вы рассказали: подохранный памятник, в котором соединены два крупных имени русской культуры!.. Но вы знаете, сколько у нас вопросов и проблем? А есть план. О средствах на восстановление и речи быть не может, а для поиска нет ни времени, ни людей. Вообще это дело музея городской скульптуры, и, если в городе есть человек, который что-нибудь знает об этом памятнике, то это — бывший директор музея Нетунахина.

Записав ее рабочий телефон, я вышел.

В этот вечер я читал в Публичке письма и воспоминания первых лет, проведенных Антокольским за границей.

21. И. Е. Репин. Портрет Антокольского. 1866
    I. Y. Repin. Portrait of Antokolsky

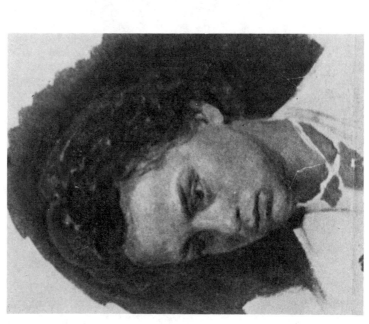

23. М. М. Антокольский. Бюст В. В. Стасова. 1872
    M. M. Antokolsky. Bust of V. V. Stasov

22. И. Е. Репин. Портрет И. Я. Гинцбурга. 1871
    I. Y. Repin. Portrait of I. Y. Ginzburg

64

24. М. М. Антокольский. Иван Грозный. 1871
M. M. Antokolsky. Ivan the Terrible

Глава 5.

ВЫЕЗД

Эта глава названа словом, очень емким для нас, евреев СССР 70-х годов, решившихся на выезд, т. е. подписавших заявление, которым подписавший его ставит себя "вне народа и против народа" (еще недавно таких ставили к стенке); которое означает отказ от всего, что было, в том числе и от того, что было дорого; которое означает шаг в неизвестность и, притом, шаг роковой, т. к. одновременно с разрешением на выезд нужно подписывать еще и отказ от права вернуться: немедленно или когда-либо, насовсем или хотя бы для посещения оставленных родных, оставленных могил.

Будет ли слово "выезд" таким емким для нас через десяток лет? Понятна ли эта емкость другим? — Вряд ли.

Тогда, в 1871 году эта многозначительность тоже отсутствовала, ибо не было еще тогда ни Всеобщей Декларации Прав Человека с ее статьей 13, ни общества, которое решило сыграть со своими гражданами бурсацкую "шутку" — устроить им "темную" — лишить их права выезжать и возвращаться.

Но один из элементов явления уже тогда, в 1871-м был налицо: это особенная, специфическая для России тяга к выезду из нее, хотя бы на время.

Что — Антокольский? Разве он один из скульпторов?

Уехал Ф. Ф. Каменский (сначала Флоренция, потом США, где и умер в 1918 г.)

Уехал в 18 лет Аронсон.

10 лет прожил в Риме и Париже Беклемишев.

Работал в Париже Обер.

Родился и умер в Италии Трубецкой.

Учился за границей и провел всю жизнь в путешествиях Ватагин.

Жили и учились за границей Мухина, Голубкина, Матвеев...

Лишь умереть приехал в Россию Эрьзя.

А художники! В Италии, Франции они образуют целые колонии, подчас организованные. Во Флоренции в кружок русских художников входили Н. Ге и Мясоедов. Умер в Риме архитектор Иванов и завещал немецкому археологическому институту свой дом, деньги и издание произведений — как своих, так и брата своего — художника Александра Иванова.

А всякого другого интеллигентного люда из России — и того больше. Тут Оболенские, Мамонтовы, Боткины...

Отрывки из писем из Италии:

...Мы теперь живем у Юрасова, он живет над Котляревским...

66

...Здесь, в Сорренто, точно русская колония...

...Кроме многих русских, которых мы не знаем, здесь Иванов с семейством, Тарасов, Баранов, Ребиндер, некто Цветаев, археолог, некто Толстопятов, должны приехать из Риццони и другие...

...Здесь я нашел много знакомых из России, и живешь почти между русскими...

Письмо к В. В. Стасову. Париж. (''Новости'', 13 мая 1897 г.)

Дорогой Владимир Васильевич.

Вы мне пишете, что теперь наши молодые художники толпой бегут за границу, одни потому, что будто бы у нас не у кого учиться, другие потому, что увлеклись новизной импрессионизма, мистицизма. (...) Это ужасно. Эти люди здесь, как паутина на воздухе, между небом и землей, или как Вечный Жид без крова и пристанища, гонимый судьбой.

(...) Но что за причины того, что наши художники бегут, меняют родину на чужбину, родных на знакомых, и подражают, вместого того, чтобы самостоятельно творить? Они говорят: ''Виновата Академия''. Нет, дорогой Владимир Васильевич, не то, (...) причина не та, а что-то другое. Она лежит где-то дальше и глубже. Но где именно, — вот вопрос, который требует ответа.

А разве ответ не содержится уже в том факте, что не об одних художниках речь? Между прочим, в тот же кружок русских художников во Флоренции были включены и Бакунин, и Герцен. А, упомянув их, вспомним и о Ленине — в шутку, конечно. Но все же... если бы продлилась его жизнь и, если бы он не пострадал в 37-ом за то, что бывал за границей, то сейчас он ощутил бы в ней новую потребность и не устоял бы против нее, а потому наверняка раньше Хрущева прорубил бы окно в железном занавесе.

Ибо никакая другая страна не нуждается более в ''открытой форточке''. Армада русских, ''проветривавшихся'' в Европе, — результат очевидного обстоятельства — в России душно. И тесно, несмотря ни на какие ее просторы.

Мне вспоминается, что вследствие привилегированного положения отца, мы всегда жили в квартирах из 2-3-х комнат. Но наших средств никогда не доставало, чтобы обставить их все; даже в квартире из 2-х комнат, обставленной и обжитой у нас оказывалась одна. В ней сосредотачивались все семейные средства, под ее абажуром толпились мы все и принимали гостей. Остальные комнаты стояли холодные и пустые.

Так и Россия. Петр, когда решил заморских гостей принимать, взялся устраивать подходящий для этого город. Все средства — материальные и духовные вложил в Петербург, — больше ничего не осталось.

Хороший получился город. Но уж очень выступает, торчит. Всех манит, а всех не вместить. Тем, кого вместил, самим тесно — выйти хочется...

Из автобиографии:

(...) Я надеялся, верил, и вера моя была крепка. Меня манила даль, теплая чудная Италия, о которой я много читал и еще больше слышал. Я часто напевал: "Keenst du das Land?" ...Туда!

Наконец третий звонок, прощание, маханье шапками и платками... Поезд мчался, точно знал, что везет счастливца, полного надежд на лучшую будущность.

(...) Оставил я Петербург, занесенный снегом, а тут сижу на террасе над высокой обрывистой скалой, прямо спускающейся в море, сижу в тени виноградной лозы; передо мной Неаполитанский залив, играющий чудными отливами, а на дальнем горизонте, как раз там, где глаз нуждается в отдыхе, раскинут чудный вид — вид Неаполя и Позилиппо, плавно спускающийся к горизонту, потом море и опять затем плавный и гордый подъем до самого кратера Везувия...

(...) Доканчиваю свои записки уже далеко от родины, среди культурной жизни, полной прелести... но чужда она мне, моему внутреннему настроению... Я любуюсь ею, как античной статуей, которая ласкает мой глаз, но не трогает чувства. Поневоле переношусь я мысленно к тебе, туда на север, в родной пчельник, и сладок для меня его мед, только иногда пчелы больно кусаются; но все-таки боль проходит, и я опять стремлюсь к тебе на север. Если бы ты знал, чем владеешь!.. Как богат этот север, как грандиозна и стройна его природа, какое в ней разнообразие, что за широта, что за типы, какие костюмы, наречия и понятия! И какою поэзией все это окутано!

Вспомнилась мне величавая Волга...

Здесь, на воспоминаниях о северной русской природе, заканчиваются заметки Антокольского "Из автобиографии". Здесь на первой же странице его "заграничной" биографии начало темы его тяги к России. Как же велика должна быть ее, России, "жалящая" отторгающая сила, если, несмотря на эту тягу, он туда никогда насовсем не вернется. Уехав из России 29-ти лет, все остальные 30 лет своей жизни проводит далеко от дома: 6 лет — в Риме, 25 — в Париже.

Однако, роясь в материалах его жизни, перечитывая 785 опубликованных Стасовым писем, снова и снова поражаешься тому, как он, Антокольский, всегда и всюду оставался верным России. И какого внутреннего напряжения это ему стоило, ибо в разладе жили душа, ищущая тепла и света, и острые холодные глаза.

"А знаешь, какие у меня скверные глаза? Ведь я нигде не вижу лучшего!"

Этими глазами он колол и самого себя. Казнил, уничтожал "ненужные" куски. Так он уничтожил свое детство вместе с его колыбелью — Вильно. Делал это не совсем справедливо, горячо — иначе нельзя терзать свое собственное тело:

К В. В. Стасову

Вильно, 15 декабря 1872 г.

...Странное дело, с детства я ненавижу Вильно; когда я был в Петербурге, ненависть продолжалась; тем не менее, я ежегодно бывал там. Выезжал, каждый раз от души проклинал его, а все-таки постоянно продолжаю попадать туда. Оно всегда служит для меня мышеловкой. Впрочем, я должен признаться, что я — настоящая крыса, потому что постоянно тяну в свою нору. Ну, и по пути нахожу то, чего стою. Могу признаться, что никогда я здесь ничего не делал, ничего дельного не думал, но зато — сколько низости тут, сколько крови я себе порчу здесь! Между мною и ими лежит пропасть. Когда я от здешних людей далеко, я им прощаю, и чувством меня тянет к чувству, но потом, когда приблизишься, становишься лицом к лицу — Боже! Скорей назад! Итак, слава Богу, я теперь уезжаю. Надеюсь, что оживу, когда опять стану работать и мыслить...

Это писалось уже после года жизни в Риме и в состоянии раздражения, вызванного тем, что этот год отдал второй большой работе для России — статуе Петра; много хлопотал в связи с ее перевозом в Петербург, выставил в Академии... а ее не заметили.

Отметим все же в защиту Вильно, что, едва попав в него, он заговорил снова об "Инквизиции", снова думает о "Споре о Талмуде", задумывает "Спинозу", один из приездов намеревается полностью посвятить эскизу "Рекрутский набор среди евреев", а в январе 1873 года уезжал из Вильно с молодой женой Геней, которую давно уже полюбил (и все годы их семейной жизни будут счастливы). Но и стоя с ней рядом на перроне перед отъездом, был раздражен:

К В. В. Стасову

Рим. 31 января 1873 г.

...Прощай, мой родной край со всеми прелестями, прощай, Вильно, прощай копейка!" — говорил я себе, когда стоял на платформе и с нетерпением ждал последнего звонка... "Прощайте!" — мысленно повторял я себе... "Все лучшее, дорогое, что только есть в жизни, здесь можно похоронить или отдать за копейку; а за все знание истины и прекрасного никто не даст и копейки (...) Мы ехали в Берлин (...) На завтра утром пошли мы в большую синагогу. Могу сказать без малейшего патриотического увлечения, что эта синагога есть единственная святыня, которую я до сих пор когда-либо видел (...) В ней (...) вспоминаешь слова Давида, когда он восклицает: "Не хочу умирать, я жить хочу для того, чтобы восхвалять чудеса Творца!" Честь и слава германским евреям, что из недр их вышел такой архитектор, который мог создать подобный храм!..

Через четыре года — опять в Вильне и — опять раздражение.

    К И. Н. Крамскому

                         Вильно, сентябрь, 1876 г.
(...) Здесь душно, вонь, и чахнешь, как осенний лист. Боже мой, как тяжело здесь живется! Благословенное мое родное Вильно, колыбель моего детства, о котором с омерзением вспоминаю, и теперь не оставляет меня. Никогда оно не казалось мне таким противным, как теперь. Здесь нынче все в застое, люди охают и кряхтят...

Но довольно о Вильне! После Вильны был Петербург. Помните, что писалось в 60-х годах? "По целым ночам я бродил вдоль набережной во время тихих, чудных, белых ночей, свойственных только Петербургу..."
Но в 71-ом уехал из него, а в 75-м пишет:

    К И. Е. Репину (в Париж)

                    Сорренто, 16 /28 июля/ 1875 г.
...Не советую так скоро возвращаться в Россию (...) в самый расцвет петербургской погоды, когда в 10 часов утра только начинаешь кое-что различать из предметов, небо давит тебя, точно свинцовая плита, под ногами мокро, скользко и грязно, а иногда еще косой мокрый снег, который без церемонии хлопает тебе прямо в лицо! Куда ни пойди, везде какое-то озлобление встречаешь, и не успеешь еще сам себя расшевелить, как глядь — и сумерки, а ночь там длинная, бесконечная...

Так, может, Италия — найденная родина? Трижды нет: ее история — не его история; ее прелесть "чужда его внутреннему настроению"; ее люди — смешны и чужды, он отмахивается от них: "Как итальянцы любят фейерверк! Впрочем, это — их жизнь."

    К В. В. Стасову

                Рим, 18 марта /4 апреля/ 1875 г.
...для гостиниц и трактиров (а этим занимается большая половина римлян) теперь самое интересное время, когда получается дань от иностранцев (...) Живя преимущественно иностран-

цами, они развивают у себя все, что только может унизить человека, и никоим образом то, что возвышает его; в особенности, они теряют самодеятельность. Ну их!..

Раздражают и русские "итальянцы": "Есть у нас некоторые знакомые, но это так себе — модная мебель в гостиной: стоит она на месте — ничего, отнимешь — пусто, а сидеть на ней неловко".

К В. В. Стасову

Рим, 31 февраля /11 марта/ 1872 г.

...Здесь русских очень много. В особенности говорят, что никогда не было здесь столько русских, как в эту зиму. Часто я имею посетителей, но признаюсь, они надоели мне до того, что чувствую, как желчь у меня поднимается, в особенности, когда благочестивые аристократки, нахальным образом, до которого не дошел бы даже и невежа, задают мне вопрос: Ах, скажите, неужели вы до сих пор еврей?"...

Итак, все чуждо за границей. Но ведь и "заграница" не в долгу. В отличие от многих русских, Антокольский был творцом, говорил интернациональным языком пластики, говорил об общем и вечном, а все же, как и все русские за границей, как последний прощалыга из них, был он там чужим и ненужным. Это доказано тем фактом, что за все 30 лет его жизни за границей он не получил ни одного заказа от итальянца, француза, немца.

Кем же он был там? — как и в Вильне — евреем. Для кого жил? — Как и в России — для России.

К В. В. Стасову

Рим, 17 апреля 1872 г.

...Не забудьте, что цель моей жизни — это Россия, не только потому, что она еще так молода, что в ней более, чем где-либо, есть возможность развивать правильное воспитание для развития полного человека, но не забудьте, что я при этом еврей, и, если я хоть на волос могу противостоять против всех грязных нападок на евреев, которых столь много еще есть в России, то я буду считать себя счастливым...

Изо всех сил он стоит на позициях преданности. Иногда это дается естественно, легко, выходит ясно:

К В. В. Стасову

Рим, 4 /16/ декабря 1872 г.

...для того человека, который сознает, что есть и другая грелка, кроме солнца, а именно душа, желающая добра не себе одному, и кто мало-мальски думает, — тот не может долго оставаться вне своей родины, потому что те люди, которые живут даже так долго вне своей нации, поневоле отстают от своих и не делаются близкими для других...

Чаще эта позиция завоевывается в борьбе с самим собой:

К В. В. Стасову

Рим, 3 /15/ июля, 1873 г.

...Что это вздумалось Гартману писать, будто я хочу навсегда оставить Россию и остаться навсегда в Италии? Признаться откровенно: не утешительно мне возвращаться обратно в это болото. Я чувствую, что там без действия трудно мне будет усидеть, а действовать — для этого еще не достаточно нервы мои окрепли. Но оставаться здесь — тоска! Смертельная тоска! Здесь просто чувствуешь, как застываешь умом и душой. Все, окружающее меня, чуждо для меня. Между ними я не нахожу своего интереса, своего языка и своего образа мыслей.

Возвращусь в Россию непременно! Но если там буду страдать, то оставлю и Россию, но никоим образом не возвращусь в Италию...

К И. Н. Крамскому

Рим, 16 /28/ февраля 1873 г.

...Настроение мое скорее похоже на петербургскую осень, когда сверху льет, точно небесные слезы оплакивают человеческий род, на душе гадко, а под ногами такая грязь, что невозможно подойти к человеку поближе и от души крепко пожать ему руку. О, Русь, молодая Русь, везде хорошо, а у тебя еще лучше, — только не для тех, кто ищет лучшего...

К В. В. Стасову

Рим, 11 /23/ июля, 1873 г.

...Поверьте моей искренности, бывают многие такие часы, когда я чуть не боготворю Россию, но зато есть и горькие минуты, когда от души презираю ее! Где мое спокойствие, здесь или там — не знаю, это еще вопрос, но мне кажется, что нигде. Здесь я не спокоен, зачем я не среди вас в России, зачем я должен оставаться непременно в чужой стране, которая совершенно чужда мне, начиная с мелочей и кончая всеобщими интересами. Эти люди не понимают меня и я совершенно лишний для них. Но возвратиться назад в Россию, признаться, я тоже не могу. (...) Признаюсь, ничто так скверно не действует на меня, как грязь и мелочь. Я чувствую, что среди подобного хаоса я скоро сгорю. Я охотно согласился бы и на это, если бы знал, что это будет полезно для кого бы то ни было (...) В заключе-

ние я могу повторить старые, старые слова: "Я оставляю тебя, потому что люблю тебя"...

Однако, если в гражданском смысле выезд из России был серьез-
ной ломкой для Антокольского, он был почти неощутим для него в
творческом отношении в результате того обстоятельства, что последняя работа в Петербурге — Иван Грозный и первая работа в Риме —
Петр Великий давно уже слились в воображении:
Из автобиографии:

> ...Я давно задумал создать "Ивана Грозного". Образ его сразу
> врезался в мое воображение. Затем я задумал "Петра I". Потом
> стал думать об обоих вместе. Мне хотелось олицетворить две
> совершенно противоположные черты русской истории. Мне ка-
> залось, что эти столь чуждые один другому образы в истории
> дополняют друг друга и составляют нечто цельное. Я бросил-
> ся изучать их по книгам. К сожалению, литература, касающаяся
> их, так сказать, адвокатурная, в особенности по отношению
> к Петру I...

Перерыва почти не было, эта вторая работа была как бы продол-
жением первой и увлечение ею заполонило все:

В. В. Стасову

Рим, 13 /25/ ноября 1871 г.
...Скажу вам по секрету: я действительно полюбил одну деви-
цу в Вильне, но пока между нами стоит "Петр". И я раньше не
женюсь, пока не разлюблю его, т. е. когда создам его, а это еще
не скоро будет...

Огромная фигура получилась "размашистой", несмотря на ста-
тичную позу; щедро возвращающей зрителю патриотические чувства,
вложенные в нее творцом.
Из автобиографии:

> ...Мне хотелось в нем выразить могучую силу русского само-
> державия. Необыкновенный во всех отношениях, это был не
> один человек, а "отливок" из нескольких вместе; у него все
> было необыкновенно: рост — необыкновенный, сила — не-
> обыкновенная, ум — необыкновенный. Как администратор,
> как полководец — он тоже был из ряду вон. И страсти и жесто-
> кость его были необыкновенны...

Еще некоторое время, как бы по инерции, Антокольский работает над правителями русскими: делает эскизы группы из четырех кон-
ных статуй, предполагавшихся к установке на Александровском

(Литейном) мосту в Петербурге: Ярослава Мудрого, Дмитрия Донского, Иоанна III и Петра I и переводит свой внутренний взор, уже теряющий опору национальной почвы, на сюжеты безнациональные, переводит взгляд с человека на его идею. Первым образом — идеей естественно для Антокольского становится Иисус Христос.

К В. В. Стасову

Рим, 17 февраля/ 1 марта/ 1873 г.

...Я сделал эскиз: "Христос перед судом народа". Вы удивляетесь? Но мне кажется, что до сих пор никто его так не трактовал, как я его представляю. Ведь до сих пор христианство шло во имя Христа — против Христа; до сих пор он был в руках эксплуататоров, а теперь все, кто отрицает христианство, приближаются к Нему...

К В. В. Стасову

Рим, 31 марта /12 апреля/ 1873 г.

...Я хочу вызвать его, как реформатора, который восстал против фарисеев и саддукеев за их аристократические несправедливости (...) Его душевное движение в эту минуту является необыкновенно грандиозным. Действительно, только в эту минуту он мог сказать (и только он) : "Я им прощаю, потому что они не ведают, что творят". (...) Во-вторых, под судом народа я подразумеваю и теперешний суд. Я убежден, что если бы Христос или мудрый Исайя воскрес теперь и увидел бы, до чего эксплуатировали Его, до чего доведены его идеи отцами инквизиции и другими, то наверное он восстал бы против христианства так же, как восстал против фарисеев, и еще десять раз дал бы себя распнуть за правду. Если евреи отступились и отступаются от него, то я торжественно признаю, что Он был и умер евреем за правду и за братство. Оттого-то я хочу дать ему чисто еврейский тип и представить его с покрытой головой...

То еврейское, что было в Христе, всколыхнуло то еврейское, что было в Антокольском, и он чуть было не уклонился от нового своего "безнационального" направления, задумавшись о Моисее, который рисовался ему так:

К С. С. Мамонтову

Рим, 11 апреля 1875 г.

...Представьте себе человека в самых цветущих летах, полного жизни и энергии, крепкого, как физически, так и умственно и, кроме того, с непреклонной силой воли. Он твердо сидит, одна нога его переброшена через другую, тело опущено, точно он отдыхает, голова наклонена и задумчива, глаза слегка прищурены, брови слегка сдвинуты — это бывает, когда голова сильно работает. Левой рукой он машинально перебирает свою короткую бороду, а правая лежит спокойно на коленях, где лежат и десять заповедей; он пишет, он их создает. Вдобавок, надо помнить, что тип Моисея будет чисто еврейский, чуть-чуть с примесью египетского, а костюм будет чисто египетский. Как вам это нравится? Знаю хорошо, что по идее нравственной, или, вернее, человеческой, Моисей далеко отстает от Христа, и, пожалуй, для нас Христос представляет живой интерес, между тем как Моисей очень мало, или даже почти ничего общего с современным человечеством не имеет. Но зато он очень много вызывает в чисто художественном смысле. Притом же, эта работа будет оригинальна, а, главное, это просто физическая потребность для меня...

Он говорит: "Если статуя Моисея удастся мне, то это будет мое последнее слово в смысле лучшего в моей области искусства".

Но бесплодной осталась эта попытка вернуться к национальной еврейской теме: вначале он не решается, не остыв еще от "вселюбви" Христа, потом забывает, занявшись другой темой, проектом памятника Пушкину. Читает, обдумывает, обсуждает в письмах, а по-настоящему не увлечен. Лишь на Пимене его взгляд обостряется. Эта попытка уклониться к русской теме также окончилась неудачей, и тогда он вернулся к безнациональной идее, принявшись за работу, которая явилась вершиной этой тенденции. Стремясь обнажить идею образа, удаляя из него все лишнее, затеняющее ее, он решается на еще один, неслыханный шаг: удаляет из образа самую жизнь. Речь идет о статуе "Смерть Сократа".

Не могу не вспомнить здесь, что "Смерть Сократа" была первой скульптурой, которая произвела на меня сильное впечатление. Было это еще в детстве; до нее ничего не помню, а тут ощутил сразу все: и как красиво течет белый мрамор и как бьют по глазам раскинутые, вывернутые ступни и как нарастает волнение, поднимается дух, когда в тебя начинает переходить волнение и дух творца, и вот ты увидел: в тот самый миг, как из этого тела исчезла жизнь, над ним возник нимб его идеи, и все это вытянутое горизонтальное тело — лишь ее пьедестал.

Вот что он писал о ней Репину:

К И. Е. Репину

Рим, осень 1874 г.

...После всего я бы хотел теперь сделать статую Сократа в минуту смерти, когда он уже выпил свой яд. Я думаю, что по трагичности положения эта фигура должна будет производить сильное впечатление. Перед глазами лежит жертва за идею, но вместе с тем в этой смерти есть что-то торжественное и успокоительное. Человек этот умел жить, а также умереть за идею, и его спокойное лицо и поза как будто говорят: "Ну вот, и перешагнул я, и теперь... теперь, если верите вы в вечность человечества, то верьте и в то, что идея добра восторжествует, если вы будете более любить идею и человечество, и менее дорожить собой. Если вы не верите в это, то куда вы стремитесь? За что вы ведете такой ожесточенный бой? Смотрите, борьба идет не за жизнь, а лишь только за смерть...

К И. Е. Репину (в Париж)

Рим, 15 /27/ октября 1875 г.

...Представь себе человека, достигшего высшего сознания человечества; он совершил свой путь с успехом, за это над ним совершается заговор: "умереть раньше, чем природа назначила это", и он умеет умереть так же, как умел жить. Без всяких тревог он выпивает чашу яда и закрывает глаза спокойно и торжественно... он победил самую смерть... Случалось ли когда-нибудь тебе взглянуть смерти в лицо? После страданий, после тревог, после всех гадостей, которые мы встречаем на пути жизни, ты видишь человека угомонившимся; лежит он неподвижно, а лицо его молчаливо и торжественно, и ты не отыщешь на нем ни просьбы, ни зависти, ни страдания, а увидишь какое-то колоссальное спокойствие, точно он, этот человек, вошел вглубь себя и разрешил загадку жизни... и страшно и любопытно становится тебе, глядя на эту неподвижную вечность, и тебя охватывает какое-то таинственное желание... чего именно? Этого ты не можешь разрешить, так же, как не можешь разрешить, отчего именно человек рождается, а если рождается, то отчего торопится жить и не дает другим жить?..

Да, друг мой, есть смерть, которая внушает тебе не ужас, не отвращение, а напротив — ты видишь какую-то мирную или мировую душу, и еще какую!

(...) и теперь, живя в Риме, воля твоя, я не могу работать ни на русские сюжеты, ни на еврейские, а еще меньше на итальянские...

"...не могу работать ни на русские сюжеты, ни на еврейские...", а Стасов наседает. Любя его, веря в него, но так же твердо веря в то, что искусство должно быть национальным (не обязательно — русским, с тем же восторгом Стасов приветствовал — еврейское), Стасов снова и снова "пилил" Антокольского за отход от национальных сюжетов. А Антокольский не мог иначе. Не мог и не желал. И отбивался резко и убедительно:

К В. В. Стасову

Рим, 19/31/ ноября 1875 г.

...Вы были бы правы, когда бы требовали от меня сюжетов национальных, если бы видели меня среди моей национальности...

К В. В. Стасову

Рим, получено 8/20/ декабря 1876 г.

...Ведь вы хорошо знаете, что я из потомков Моисея — значит, больно упрям: у всех спрашиваю, а делаю по-своему. Кажется, что это чуть ли не ваши собственные великие слова обо мне: "Я слушаю, но не слушаюсь." Зачем же вы, незаметно для себя, становитесь деспотичным в ваших требованиях? Зачем вы не даете каждому идти по-своему? Разве вы не знаете, что лучше сто тысяч раз заблудиться, чем раз слепо повиноваться кому бы то ни было...

К В. В. Стасову

Рим, получено 8 /20/ декабря 1876 г.

...Художник не должен творить национальных сюжетов вне своей национальности — это я испытал на Петре I, и, может быть, благодаря этому, я пока оставляю всякие национальные сюжеты. Вы находите вредным для меня, что я сижу за границей. Согласен, что вредно и для меня и для других. Много, много дал бы я, чтобы быть там, куда влечет меня; быть в стране, для которой я работаю, откуда я жду будущности во всем, также и в искусстве. Но отчего я сам там не живу, в этом вы можете винить: Питер, самую Россию, судьбу, Академию, но только никак не меня! Это моя больная струнка, которую вы не должны были бы трогать. (...) Что же мне остается делать? Все-таки брать сюжеты из современной жизни? Да что делать, когда идеал мой идет дальше, когда в настоящем я не нахожу пищи для моего творчества, когда даже я не люблю настоящего, и вся моя жизнь, и надежда — в будущем. Где же утолить жажду мою? В чем я могу выразить мою душевную боль, как не в людях сильных, могучих духом, которые вечно как тени стоят перед человечеством во всей его истории! Подобных личностей мы называем "историческими", их все знают с колыбели еще, о них все слышали, но никто их не видел. Так вот я и хочу показать их. Если кто захочет подумать над моими произведениями, тот увидит, что эти личности бросают перчатку, они вызывают у человека его человеческое достоинство, пробуждая в нем спящую личность, его внутреннее "я". (...) Меня не увлекает одно техническое выполнение, если при этом нет соответствующей мысли. В конце концов я могу сказать, что я убежден: работы мои, из какой эпохи и национальности ни были бы взяты, всегда останутся произведениями современными для современного человечества, а главное: они не умрут...

Да, он был прав, Антокольский в Италии, прав хотя бы правотой тех двух шедевров: "Христос перед судом народа" и "Смерть Сократа", которые, выразив общие и вечные идеи в великолепной пластической форме, уже пережили его время и переживут наше. А честную верность — России и еврейству он сохранял — к этому его призывать было излишне. Умерли бы в нем эти чувства — по крайней мере ему было бы легче. Но чувства эти не умирали, они толкались в нем, толкались бесплодно, но это уже не вина, а беда.

К В. В. Стасову

Рим, 30 сентября 1873 г.

...Я не переставал думать и обдумывать, как ввести художественный элемент в воспитание народа, именно в России; (...) но когда первый шаг будет сделан, я пойду дальше, а именно: стану работать над тем, чтобы поднять уровень художественности у евреев. А знаете, я думаю исключительно только о русских, а также и о русских евреях, потому только, что во-первых, главная масса евреев находится именно в России, во-вторых, никто так не нуждается в воспитании вообще, как русский еврей, и, наконец, что на Русь и на русских евреев у меня главная надежда...

К В. В. Стасову

Сорренто, 11/28/ августа 1875 г.

...Я думаю, что хорошо бы сделать попытку сгруппировать еврейских художников для того, чтобы им развивать свою самостоятельность. Чтобы это развивать, необходима как нравственная поддержка, так и материальная. Главное, хотелось мне обратить внимание на развитие у евреев индустриальных изделий, которые имеют очень тесную связь с искусством, а главное, свою самостоятельную силу. (Повторяю здесь все то, что вы однажды сами предлагали). Чтобы что-нибудь начать в этом роде, раньше всего нужно разузнать: сколько теперь есть еврейских художников, потом: насколько они сильны для того, чтобы посредством их можно было двигать это дело вперед, и, наконец, надо подумать о том, что следует предпринять, чтобы развивать искусство (наглядное) среди евреев. Я сам не знаю, сколько еврейских художников. Вот недавно я узнал, что рядом со мною живет скульптор еврей-американец, получивший воспитание в Берлине, получивший премию и также заказ на памятник. Приехал сюда работать. Человек с дарованием, жаль только, что академическая схоластика испортила его вкус. Потом недавно уехал отсюда пенсионер французской академии, медальер — еврей, очень способный. Вообще, еврейских художников здесь больше, чем я думал.

Мне кажется, хорошо было бы поговорить об этом с бароном Г. О. Гинцбургом. Что касается меня, то я готов сделать для этого все, что только будет зависеть от меня...

Все он знает о жизни России — и проблемы русского еврейства и беды русского народа. По поводу начатой Россией войны с Турцией он пишет куда как метко:

К С. И. Мамонтову

Киссинген, 23 сентября 1877 г.

...зачем вы, передовые люди, подстрекали народ, зачем обманывали его! Зачем вы уверяли его, что мы шапками закидаем своего врага, и одного русского совершенно достаточно против десяти турок? Зачем вы повели русский доверчивый народ на бой, не узнавши и не изучивши раньше своего врага? И, наконец, зачем вы стремитесь осуществлять великие идеи раньше, чем исполните самые маленькие, самые простые, те, которые кишат вокруг вас каждый день?..

А творческой темы Россия не дает. Как, впрочем, и Италия... Унылый период бюстов. Для заработка. Увлекся было горельефом на тему Варфоломеевской ночи: "Начал мою собственную работу, т. е. то, что душа диктовала". Но проходит немного времени и бросает: "Не могу сказать, чтобы Карл IX или Екатерина Медичи были мне симпатичнее хоть в десятую долю против типов "Инквизиции".

Типы "Инквизиции" — это евреи. И вот — новая идея — "Вечный жид".

К В. В. Стасову

Париж, получено 17 декабря 1879 г.

...В то время, как я физически работал, ум мой отдельно работал, и оттого много новых сюжетов сидят у меня в голове и не дают мне покоя. Всех их не перечтешь, но главный для меня это "Вечный жид". Я крайне удивляюсь, что до сих пор никто не трогал столь колоссального и поэтического сюжета...

И... опять ничего не родилось, на этот раз — даже эскиза. Снова, как тогда — в Петербурге — наступает творческий душевный кризис.

К В. В. Стасову

Рим, получено 23 января /4 февраля/ 1877 г.

...Вы хотите знать, что я теперь думаю, какие планы у меня впереди? В том-то и беда, что никаких. Целый рой их у меня в голове, но я ничем не доволен, также как и собою. Никогда я столько не думал, не искал, как в последнее время, и вместе с тем никогда я не ощущал такой пустоты, как теперь. (...) Чувствую, что мне тесно, хочу вырваться, жажду новой жизни, новой деятельности, обновиться хочу, как Фауст, только не в жизни, а в искусстве! (...)

Что я вынесу из теперешнего кризиса моего, того я не знаю,

только одно знаю, что я сделал все, что желал, создал то, что меня так неотступно преследовало, а дальше идти по этому направлению некуда. (...) Если бы я был теперь в России, тогда, я знаю, я не так мучился бы, душа была бы сыта и мне нечего было бы больше и желать. Но не все может быть так, как хочется. Ну, я замолчу об этом!..

К В. В. Стасову

Париж, 10 /22/ октября 1877 г.
...Мне кажется, если бы я замолчал навсегда, то никто из друзей моих и не стал бы спрашивать, что со мною сталось. По крайней мере теперь, чтобы получить известие от кого-нибудь, приходится писать, писать и писать, конечно, этому я не удивляюсь: чтобы кто-нибудь интересовался мной, как человеком, на это я никогда не претендовал, Боже сохрани меня от этого! На это у меня еще осталось довольно здравого смысла...

"Я мало-помалу становлюсь одиноким среди огромного шумящего леса..." — это писано уже из Парижа, с переездом в который связано было много надежд. "Решил ехать в Париж, а не в Россию, где будет мне нечего делать, в особенности негде". Первое впечатление было необыкновенно благоприятным:

К С. И. Мамонтову

Париж, октябрь 1876 г.
...Я опять на свете Божьем, где есть простор для души и разума. Наука и искусство имеют своих слушателей и почитателей. Интеллигенция, соль жизни и человечества, процветает здесь потому, что за нею есть уход; духовный огонь горит потому, что каждый поддерживает этот пламень у другого.

Вот как представляется мне Париж, в котором я теперь живу...

Но и в этом светлом мире, где, кстати, тоже полно русских (среди них — Тургенев), он такой же чужак, как и в Риме.

К С. И. Мамонтову

Париж, октябрь 1876 г.
...Мне кажется, очень ошибочно требовать, чтобы французы старались понять тебя, войти в твое положение, изучать твою манеру.

Этот народ менее других старается, менее других входит в чужие интересы и менее других изучает то, что не относится к французам. Они более даровиты, чем умны, более художники, чем ученые, больше живут чувством, чем умом. Француз менее изучает прошлое, отдаленное, он менее склонен к отвлеченной философии, чем немец, менее склонен к логическим выводам, чем англичанин: он весь составляет один целый организм впечатления. (...) Их главный художественный критик Тен силится доказать, что главное в искусстве — форма, а не идеал; образ, а не мысль...

Но важнее отношений с Францией для него, живущего в Париже, по-прежнему остаются отношения с Россией. Анализ этих отношений сливается у него в одно с анализом собственного творчества, и сейчас, через десять лет после выезда, он приходит к глубоким обобщениям:

К В. В. Стасову

Париж, получено 12 октября 1882 г.
...Я очень удивляюсь и часто думал, отчего русские любят больше "Ивана Грозного", чем "Петра", который совершенно противоположен Ивану? Мне именно хотелось создать из этих двух фигур светлую и темную стороны жизни в русской истории. Но знаете, дорогой дядя, что восемь лет тому назад я пришел к печальному выводу, и вывод этот с каждым днем во мне укрепляется: не любят "Петра", как не любят всякий идеал, потому что в жизни его нет. Да если бы и стремились к нему, если бы идеал и находился бы где-нибудь даже в зародыше, то искусство — такая чувствительная фотография — заметило бы его, литература сделала бы попытку создать его, а между тем в нашей литературе являются все только отрицательные критические герои. Русская жизнь за последнее время сложилась нескладно: я много раз говорил, что у нас есть сознание без знания, мы спали долго и проснулись быстро, и потому хотим наверстать время, лихорадочно торопимся, и все падает у нас из рук. Становишься нетерпеливым, раздражительным и подозрительным, обвиняешь других в своих поступках, все критикуешь, анализируешь, и потому ни единой капли воды не можешь проглотить без того, чтобы в ней не увидеть чудовища.

Да, дядя, Русь чего-то жаждет, и, чтобы утолить свою жажду, она глотает собственные слезы. Вот отчего Русь любит "Ивана Грозного", а я нет: я люблю только тех, кто был мучеником за светлые идеи, за любовь к человечеству. Вот почему, после этих двух таких личностей, как "Иван Грозный" и "Петр Великий", я стал воспевать не силу, не злобу, не разрушение, а страдания человечества. В этом я больное дитя своего времени...

Выставив свои работы на парижской всемирной выставке 1878 г., Антокольский удостоился ее высшей награды и ордена Почетного Легиона. Он был единогласно избран членом-корреспондентом Парижской Академии Художеств, а также Академии города Урбано, (где родился Рафаэль).

Теперь, после Запада, пора было и России признавать Антокольского. Следующим важным событием его жизни станет персональная выставка в России 1880-го года.

* * *

Следующим после ареста Щаранского важным событием еврейской жизни в России 1977 г. был арест Бегуна. Суд над ним явился как бы громогласным объявлением вне закона языка иврит.

Уже давно, хотя и не публично, но для советского человека достаточно ясно, давалось понять, что изучение иврита — языка библии и современного разговорного языка евреев, крайне нежелательно в СССР. Поистине героическими были усилия тех первых, что в конце 60-х годов овладевали языком тайком, без школ, без учителей, без учебников. Героями считают тех, которые в атмосфере враждебности и реальной опасности учат сейчас ивриту других.

Признавая практическое и гражданское значение этого акта, в марте 1977 г. Израиль присудил ежегодную национальную премию имени Шазара за заслуги в области образования и воспитания двум учителям иврита в СССР: отказникам Льву Фурману в Ленинграде и Владимиру Шахновскому в Москве.

Ни вручить премию, ни перевести деньги в Советский Союз не представлялось никакой возможности, и по воле лауреатов они были направлены на издание учебной литературы в Израиле. Молодые люди были вполне счастливы самим известием и готовились принять здесь то, во что пожелает перевести премию КГБ.

В Ленинграде премию перевели на чужой счет. Решив пока не трогать упрямого, воинственно настроенного и близкого к нервному срыву парня, власти пошли в ''обход'': начали партийные беседы с его отцом. А старик возьми и окажись крепким орешком — не зря отвоевал войну на Ленинградском фронте начальником взвода разведки морской пехоты. Наотрез отказался выполнить ''маленькую просьбу'' — по-отцовски запретить сыну преподавать иврит. Мало того, что отказался, так еще гордо поднял свою седую голову и заявил, что по-отцовски гордится и знанием родного языка сыном и тем, что другие у него учатся.

И тогда отца наказали. 18 апреля осудили на десять суток ареста за ''хулиганство''.

Думаю, что среди всех наших перепетий эта акция была рекордной по своему цинизму, ибо она заключала в себе надругательство сразу над всеми святынями: над законом, над старостью, над заслугами перед страной. И — из чего?! — Из мелочного административного раздражения оказалось возможным закон двинуть задом наперед, оказалось возможным плюнуть на 68 лет, на орден Отечественной Войны, на два ордена Красной Звезды, на медали, на ранения, на тяжелую болезнь — рак гортани, — на все плюнули, затолкали в камеру, набитую пьяницами. Плюнули между прочим и на членство в партии с 1942 г.... Хотя этой доблести тут и пришел конец: выкинул глубоко обиженный

Михаил Борисович свой партбилет через прутья решетки к ногам тюремщиков.

А выйдя из каталажки как раз накануне Дня Победы, впервые после войны не поехал на традиционный сбор однополчан у политой кровью Колокольной горы под Ораниенбаумом — стыдно было стриженой головы, шапку не снять на могиле товарищей, и вообще...

Между тем, пятерка ленинградских и около двух десятков московских преподавателей иврита, вопреки всему, не только продолжают свое дело, но и борются за официальное признание, за право регистрации в финорганах по крайней мере.

Этого права так никто и не добился, но переписка с административными органами пополнила частные архивы документами, делающими тайное явным. В одном из них преподавание иврита прямо названо "запрещенной деятельностью".

А 18 мая 1977 года в Москве состоялся суд. По существу — суд над ивритом. На скамье подсудимых — Иосиф Бегун. 45 лет, инженер, кандидат наук, 6 лет в положении отказника. Последние годы, потеряв профессиональную работу, он давал уроки иврита и пытался зарегистрироваться и платить налог подобно тем "счастливчикам", которые избрали своей деятельностью немецкий, английский... суахили... вязание.

Он не хотел понимать намеки, не хотел принимать запреты. Его арестовали "за паразитический образ жизни" и после 3-х месяцев "следствия" вот судят.

(Далее — описание Феликса Канделя из его очерка "Такого еще не бывало"[*])

Заседание переносится на 7 июня.

И опять мы стоим у дверей суда, стоим — ждем. Друзья, ученики, сын...

Милиция десятками, агенты дюжинами, два подполковника, офицеры, некто в штатском из черной "Волги"... Проводится серьезная "операция". Посадка Бегуна в "воронок".

Нас оттесняют плечами. Машину подгоняют вплотную, дверь к двери. Проталкивают Бегуна быстро, грубо, пинком в спину... Как бандита, вора или убийцу.

— Папа! — кричит сын.

— Шалом, Йосэф! — кричим мы, — Шалом!

А вокруг мечутся штатские, вокруг насупилась милиция, негодуют вокруг представители власти. Это что еще за "шалом" за такой? Это что еще за "Йосэф"? Подождали бы до решения суда, а потом бы и кричали. А пока нету решения, значит, нету слов таких, нету языка такого...

_____

[*] Самиздат, Москва, 1977.

А если и был когда-то, то временно отменяется. До 7 июня.
А может быть, и насовсем...
А мы стоим. Мы хмуримся. Мы печалимся. Мы плачем и улыбаемся.

Еш иврит.	Есть иврит.
Еш сафа игудит.	Есть язык еврейский.
Еш втигье тамид.	Есть и всегда будет.
Лмазал, зэ ло талуй	К счастью, это не зависит
мкол мишпатим!	ни от каких судов!

Иосиф Бегун был осужден на два года ссылки.

А я говорил по телефону с Нетунахиной, бывшим директором музея городской скульптуры. Она оказалась первым человеком, который заговорил о надгробии Антокольского со знанием и заинтересованностью. Она даже немного заволновалась, заспешила, сказала, что сама в свое время пыталась найти след головы Антокольского, искала по многим направлениям и только по двум не дошла до конца; но теперь, раз этим интересуются и другие, она постарается сама завершить этот поиск. Просила позвонить через два дня.

Через два дня она сказала, что ее попытки провалились, призналась, что помочь больше ничем не может, но предложила мне ради просто знакомства телефон Александра Ильича Черно, пенсионера, бывшего хранителя музея в Лавре. И за это я был ей благодарен, так как уже манера говорить и даже сам голос изобличали в Александре Ильиче человека добротной интеллигентской, уже не часто встречающейся сейчас породы.

Он знал о голове. Он даже помнил, что это — поясной горельефный портрет, и голова на подушке расположена справа.

Но вот он не мог вспомнить, как это попало в его память: на еврейском кладбище он не был с давних довоенных лет, когда, будучи ребенком, побывал там единожды с отцом, а воспроизведений он ни одного не припоминает.

— Вообще, это самое главное в начале поиска. Ищите воспроизведение.

И он дал мне несколько хороших советов, где их искать. Кроме того, он снял с меня заботу о ''Старом Петербурге'', сказав, что он хорошо знает этот архив и что там упоминаний о голове нет.

В заключение беседы он предложил мне телефон Масловой, научной сотрудницы музея Академии художеств, которая сравнительно недавно занималась Гинцбургом и выпустила книгу материалов о его жизни ''Скульптор Илья Гинцбург. Воспоминания. Статьи. Письма''.

Я нашел эту книгу. В приложенном к ней перечне работ Гинцбурга значилось: ''Надгробный памятник М. М. Антокольскому,

1909 год. Бронза, мрамор. Преображенское кладбище. Ленинград".

Тут было некоторое противоречие с записью у Саитова в его "Петербургском Некрополе", но в тот момент я не мог на нем сосредоточиться, ибо с головой ушел в следующий период жизни Антокольского, приходящийся на две его петербургские выставки; драматичный и очень важный период в еврейской истории вообще.

25. И. Н. Крамской. Портрет Антокольского. 1876
    I. N. Kramskoi. Portrait of Antokolsky

26—27. М. М. Антокольский. Петр Первый. 1872
M. M. Antokolsky. Peter I (the Great)

28—29. М. М. Антокольский. Христос перед судом народа. 1874
M. M. Antokolsky. Christ Bound Before the People

30—31. М. М. Антокольский. Смерть Сократа. 1876
M. M. Antokolsky. Death of Socrates

32. М. М. Антокольский. Надгробный памятник М. А. Оболенской. 1875
M. M. Antokolsky. Tombstone of M. A. Obolenskaya

33. М. М. Антокольский. Последняя весна (портрет художника
    М. Гинцбурга) . 1878
    M. M. Antokolsky. The Last Spring (portrait of artist Ginzburg)

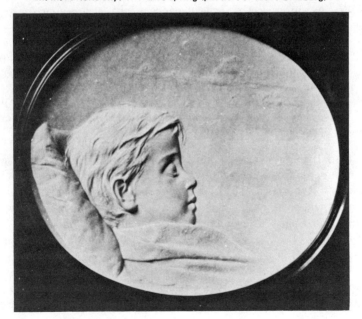

34. М. М. Антокольский. Безвозвратная потеря (портрет сына
    художника) . 1876
    M. M. Antokolsky. Irretrievable Loss (portrait of artist's son)

Глава 6.

ДВЕ ВЫСТАВКИ И МЕЖДУ НИМИ

В январе 1880 г. Антокольский отправил в Петербург два вагона работ: после заграничного успеха настало время и дома почтить своего академика. Академия художеств устраивает Антокольскому персональную выставку и присваивает ему звание профессора.

Выставка получилась необыкновенно обширной для одного автора: было представлено 27 оконченных работ и 5 эскизов. Необыкновенной она была и в других отношениях:

> ...Никогда в залах академии не было столько скульптурных произведений одного художника, никогда в скульптурных работах, выставленных в академии, не было столько серьезности, глубокой мысли и художественного совершенства, как на этот раз...*

Однако, в письмах Антокольского этого периода упоминания о выставке практически отсутствуют. Вообще, письма здесь становятся редки и отрывочны. Так не прямо, а отраженно дано нам увидеть растерянность Антокольского после первого удара, нанесенного ему Россией. Дело было в том, что здесь

> ...С семидесятого года многое уже переменилось. Уж не было того единения и тех стремлений. Отчужденность и вражда на почве национальной розни уже стала распространяться, и Антокольскому стали ставить в упрек его происхождение и его веру. Успех выставки был слабый. Разочарованный, с чувством горечи, Марк Матвеевич уехал в Париж...**

И из Парижа не сразу пошли письма, и в них — ни слова о выставке, только раздражение... "Эх, пойду искать пророчества не в своем отечестве". Подумал было о переезде обратно в Италию. "Правда, что там, пожалуй, еще больше буду скучать, но там, по крайней мере, кругом природа, а здесь я точно стою в воде по шею и прошу пить".

Он не уехал..., а мы сделаем отступление, ибо в этот момент в России был убит император Александр II.

В тех письмах Антокольского, что опубликованы Стасовым, отклика на это событие нет, но, учитывая некоторую персональную роль, которую сыграл Александр II в жизни скульптора Антокольского и не-

---

* И. Я. Гинцбург. "М. М. Антокольский, его жизнь и его творения" в книге "Скульптор Илья Гинцбург. Воспоминания, статьи, письма". Л-д. 1964
** То же в кн. И. Я. Гинцбург. "Из моей жизни". С-Пб. 1908.

92

которые общественные аспекты этого убийства, важные для понимания той страны, к которой принадлежал Антокольский, мы остановимся на этом событии.

Убийства "на высшем уровне" — не диво на Руси.

Первый русский царь Иван Грозный собственноручно убил своего сына в 1583. Последнего царя — Николая II вместе с детьми и женой расстреляли от имени народа в 1917.

А чего только не было между первым и последним!

Еще одно сыноубийство — убийство Петром I его сына Алексея в 1718.

Мужеубийство — убийство Екатериной II ее мужа Петра III в 1762.

Отцеубийство — убийство Александром I его отца Павла I в 1801.

Наибольший интерес с точки зрения патологии общества представляют убийства от имени народа. Хронологию таковых в России можно начать покушением в 1865 г. Каракозова на Александра II перед входом в Летний сад. Через год последовала попытка Березовского. Далее — несколько выстрелов, произведенных все в того же Александра II "народником" Соловьевым в апреле 1879. В этот момент терроризм, сливаясь с революционными теориями, становится уже систематической деятельностью. Исполнительный комитет тайного революционного общества "Народная воля" выносит специальное постановление об убийстве Александра II.

Почему же именно его избрал народ? — Спросите у России. Здесь все навыворот. После Петра I не было царя, который сделал бы больше для политического и социального прогресса России, уменьшения ее традиционного отставания от международных социальных стандартов.

Вот выдержки из его "досье" к моменту первого покушения:

1837 — еще юношей посетил Сибирь (первым из царского рода). Результатом посещения было некоторое улучшение условий жизни политических ссыльных. 1855 — в день коронации объявляет амнистию политическим ссыльным. Среди других послаблений отметим отмену рекрутского набора малолетних евреев. Набор между последними отныне не производится на общих основаниях. 19 февраля 1861 — издает манифест об отмене крепостного права на крестьян, положивший конец многовековому позору России и давший Александру II имя "освободителя".

1863 — университетам предоставлена автономия.

1864 — судебная реформа, которая ввела дотоле неслыханные принципы: полное отделение судебной власти от административной и обвинительной; публичность и гласность суда; независимость судей; адвокатуру и состязательный порядок судопроизводства; присяжных заседателей для уголовных дел.

Даже Герцен выказал восторг ("Ты победил галилеянин"). И что же? — После отмены крепостного права раздались голоса, что так — еще хуже, а за судебной реформой последовал рост насильственных преступлений.

Народ не умел воспользоваться экономическими выгодами прогресса и, еще более раздражаясь от этого, искал в послаблениях только возможности выражения этого раздражения в слепых, разрушительных формах.

Погром — вот найденная в России форма социальной активности; погром еврейский ли, государственный ли — они недалеко друг от друга стоят.

Народник Лев Дейч вспоминает, что в ответ на предложение помогать им, народникам, сочувствующие "из общества" говорили: "На террор согласны, а на деревенские ваши затеи — нет". А молодежь прямо-таки рвалась в террористы.

За Александром II развертывается коллективная охота со взрывчаткой:

ноябрь 1879 — попытка взрыва царского поезда под Москвой (Желябов);

февраль 1880 — взрыв в Зимнем дворце (Халтурин);

весна 1880 — взрыв царского поезда в Одессе (Софья Перовская).

В печатных объявлениях "Исполнительный комитет" после каждой попытки заявляет о своем "авторстве" и о решимости продолжать их.

Финалом явился день 1 марта 1881 г. В этот день императора ждала мина, подложенная в подкоп под Малой Садовой и два "метальщика" с бомбами в узелках. Руководил подготовкой операции крестьянин Желябов, 30 лет, изготавливал бомбы сын священника Кибальчич, 27 лет, направляла действия метальщиков Софья Перовская, дворянка, 27 лет.

Александр II по Малой Садовой не поехал. Его карета, повернув направо с Инженерной улицы, быстро помчалась по набережной Екатерининского канала, когда Рысаков, мещанин, 19 лет, бросил свой снаряд.

Взрыв разбил задок у кареты и ранил нескольких прохожих. Оставшийся невредимым император проявил недюжинное самообладание: выйдя из кареты, подошел к задержанному террористу, поинтересовался его личностью, выразил сочувствие визжащему, обливающемуся кровью мальчику. Когда он возвращался к карете, бросил свою бомбу — почти рядом с собой — второй метальщик, студент Гриневицкий. Новый взрыв, ранив еще десяток людей, в клочья разорвал ноги и убил императора Александра II и его убийцу.

У Александра появилось еще одно имя — государь-мученик. Гробница его в соборе Петропавловской крепости выделяется среди других беломраморных царских гробниц величиной и красотой нежнозеленого полудрагоценного уральского камня.

А на месте событий поставлена красивая многоглавая церковь, и поныне называемая ленинградцами не иначе, как "Спас на крови"...

Начавшаяся при Александре II робкая, нехарактерная для России тенденция демократизации общества, оборвалась его убийством, как бы забракованная самим обществом, и сменилась более характерной для него, органичной и потому более устойчивой тенденцией усиления самодержавия.

Это мощно повторится еще раз в феврале 1917 г., когда демократическое коллегиальное "временное" правительство будет сброшено через две недели своего существования, и народ заменит его правительством диктатуры.

И еще один — слабый, почти комический повтор: очиститель от сталинской скверны и пусть простодушный, но реформатор Хрущев будет с брезгливостью убран на пенсию, как последний служащий, и улюлюканье народное проводит его в могилу...

Тогда, в 1881-м сильнейшая реакция, обличенная в форму закона, как бы продолжилась в толще народной самодеятельной стихийной реакцией в форме еврейского погрома. Это была первая в истории русских евреев мощная волна физического насилия. Она началась через полтора месяца после убийства Александра II и в течение следующего месяца охватила более ста пятидесяти пунктов на юге России.

Внутренне солидаризуясь с погромщиками, правительство Александра III, хоть и подавляет "беспорядки", но одновременно издает целый ряд анти-еврейских законов.

И вдалеке от России Антокольский тяжело переживает эти события.

К В. В. Стасову

Париж, 5 /17/ мая 1881 г.

Тяжело дышится, задыхаюсь от волнения, больно мне за евреев и стыдно за русских. Нас обвиняют и бьют, и опять винят, и т. д., но главное, почти все находят, что это в порядке вещей, потому что жиды — эксплуататоры и все что угодно. Но будьте уверены, чем бы жид ни занимался, хоть бы астрономией, искусством и наукой вообще, везде он будет нетерпим, потому что везде он выкажет свое превосходство. Наш злейший враг — наши способности. Но это не новость. Еще во времена фараонов собрался совет и рассуждал: "Может быть, евреи станут размножаться, станут умнее нас и будут властвовать" — и вот, благодаря этому, началась египетская четырехсотлетняя работа. Как вы видите — это старая история, вечно новая, ужасная, раздирающая! Но довольно! Буду говорить о чем угодно, только не об этом; буду говорить, чтобы заглушить мою подавляемую боль.

Помню, когда-то я читал о какой-то чуме, чуть ли не в Петербурге: тогда группа музыкантов собралась и играла как можно громче, чтобы заглушить стук молотков, забивавших крышки гробов...

К И. С. Тургеневу

Париж, 4 июня 1881 г.

Добрый и дорогой Иван Сергеевич!

Наше положение до того ужасно, что надо иметь камень на месте сердца, чтобы оставаться равнодушным. Я глубоко убежден, что вы, как поэт, стоите выше всяких предрассудков, всяких партий, сами не знающих, чего они хотят, — выше тех узких патриотов, которые проповедуют: любить только себя и своих, а всех других презирать. И оттого я пишу к вам, чтобы высказать то, что наболело у меня на душе. Тяжело становится, когда подумаешь, что те же люди, которые так недавно возмущались ужасами болгарских бедствий и с порывом великодушия жертвовали всем для освобождения болгар, для доставления им человеческих прав, что они же остаются теперь равнодушными зрителями всех ужасов, совершающихся у нас на юге. Я бы не хотел допустить мысли, что молчание или равнодушие есть в данном случае знак согласия. Но как же его иначе объяснишь? (...) Где причина и ключ ко всему этому? Мне кажется, что он лежит гораздо глубже — и не у одних только евреев. Евреи всегда были барометром и вместе с тем временным громоотводом всякой народной грозы — их гоняли, обвиняли везде и во всем только, когда народное благосостояние стояло низко или падало (...) Мы все страдаем общим недугом. Нам всем нужно одинаковое радикальное излечение.

Вслед за первым Антокольский шлет Тургеневу второе письмо:

Париж, осень 1881 г.

...Вот теперь, когда в Балте совершаются небывалые на нашем веку зверства, когда поджигают целые улицы с еврейскими домами, в которые вталкивают несчастных владельцев, когда грабят, насмехаясь над всем святым, когда обесчещивают жен на глазах мужей, девушек на глазах родителей и зубами вырывают груди у женщин, сопровождая все это хохотом пьяных дикарей — охранители внутреннего порядка принимают свои меры: выгоняют аптекарей, да и вообще тысячи жителей из внутренних губерний России, выгоняют даже и тех, которые прослужили свой век государству и отечеству, и также не обращают внимания ни на больных, ни на детей, ни на бедность, ни на время года... После этого нечего удивляться, если те утверждают, что правительство совершенно солидарно с винов-

96

никами этой дикой и безобразной оргии. Между тем недавно еще патриоты поведали всему миру, что мы, православные, идеалисты, воюем за угнетенных. Что это? Не бред ли больного ребенка, или просто насмешка над всем святым и над самим собой? Где правда, совесть, жалость? (...) Никто не промолвился ни одним словом сочувствия, ни одним словом протеста, если не в пользу евреев, то по крайней мере хоть для того, чтобы смыть то позорное кровавое пятно, которое положено на наш век, на все человечество вообще и на Россию в особенности. Неужто все, чему нас учили в школах и в церквях о правде, нравственности, религии и о всем добре, которое дорого человеку, неужто все это ложь, ложь и одна только ложь, или же что-то поверхностное, лишнее, которое стряхивается при малейшей буре человеческих страстей? Неужто вся наша цивилизация, вся наша гуманность только маска, под которой скрывается алчный, эгоистичный зверь? А вы, либералы, и вы, старец-поэт, смягчающий наши нравы, учащий нас всю свою жизнь любви и прощению, неужто не содрогнется у вас сердце, не вырвется крик ужаса...

Антокольский обращался к Тургеневу, во-первых, просто из желания выговориться, ища чуткое ухо; во-вторых же, он просил содействия Тургенева в публикации своего протеста.

Ответ Тургенева был охлаждающим:

с. Спасское-Мутовиново, Орловской губ. г. Мценск, 4 июля 1881 г.
Любезнейший Антокольский.

Вы имеете право сердиться на меня за то, что я так долго не отвечал на ваше горячее и замечательное письмо. Извиняюсь перед вами и прошу не видеть в моем молчании отсутствие дружбы к вам, или несочувствия к правому делу евреев в России.

Напечатать же ваше письмо, даже со стилистической корректурой, было бы немыслимо, и, навлекши на вас множество неприятностей, принесло бы только вред. (...) Но это письмо останется у меня как документ, свидетельствующий и о силе вашего патриотизма, о глубине и верности ваших воззрений. Не теряю надежды, что придет время, когда можно будет обнародовать этот документ, — но это время, пока еще далекое, будет временем свободы и справедливости не для одних евреев...

Итак, время публикации письма Антокольского — ''время свободы и справедливости не для одних евреев'' тогда, в 1881-м, еще не пришло. (Остается оно неопределенно далеким — увы! — добрый и дорогой Иван Сергеевич, и в 1977-м).

Горечь по этому поводу легла поверх боли из-за самих событий:

К В. В. Стасову

Biarritz, 26 июля /7 августа/ 1882 г.

...Если бы вы знали, какие нравственные муки я пережил в последние два года, какие адские мучительные раны я носил в душе, благодаря тем позорным поступкам, которые русский, хотя и темный, народ совершил над евреями. Если бы вы знали, как больно разочаровываться в своем идеале, который ты лелеял, любил и считал лучшей будущностью человечества, и что же — вот этот идеал дико хохочет тебе в глаза и беспощадно бьет тебя по лицу, топчет и унижает тебя! (...) Но что мне было всего более досадно, это — что при всем том я чувствовал свое бессилие, пробовал кричать, писать, обращался к людям с авторитетом, прося их замолвить слово, но все это было напрасно.

Когда приеду в Париж, я непременно пришлю вам копию с двух писем, которые я послал к И. С. Тургеневу, а он в ответ назвал их "замечательными". Они будут когда-нибудь напечатаны. Только не теперь, потому что они не цензурны. И все-таки он сам не сказал о них ни слова! (...) Из моего последнего письма вы увидите, что, несмотря ни на что, я остался в отношении к России все прежним. Желаю от всей души русским всего лучшего, и тогда некому им будет завидовать. От всей души желаю им света, потому что только он может спасти их от грубых заблуждений...

Едва придя в себя после этих событий, Антокольский принимается за "Спинозу в ожидании смерти".

Он уже давно носил в душе этот образ.

К С. И. Мамонтову

Рим, декабрь 1877 г.

...Не могу вам передать, как этот образ сжился со мной, и как я рад, что наконец он явился передо мной так, как я этого давно желал.

Этот маленький человек с колоссальным духом выступил из средневекового мрака, как подводная скала. Рвутся ли вокруг нее мутные, громадные струи воды, волны ли набегают и со злорадной силой бросаются на нее, рев, брызги, пыль столбом подымается, падает, разбивается, и опять набегают волны, — а она все так же невозмутима, так же горда, величава и молчалива среди волн, как среди лучей солнца.

С тех пор как он овладел сознанием, он остался верен самому себе, и уж ничто не могло поколебать его, ничто не пугало его, ничто не льстило ему, и он ничему не покорялся. Ни фанатизм, который пылал вокруг него, ни фанатический нож, ударивший его в грудь (факт), ни проклятье, ни изгнание, ни отказ невесты, ни бедность, ни обещание золота, ни царская милость, ни сожжение книг его — ничто, ничто не помрачило светлый ум его, ничто не смутило его чистую, ясную, девственную душу.

Он остался невозмутим, спокоен и величественно молчалив. А дух его высоко, высоко поднялся, и как звезда горит на небосклоне до сих пор; не видят и не понимают его лишь те, у кого совесть нечиста, у кого ум помрачен, кто не понимает истины, света и добра.

Ах, Спиноза, тобой можно гордиться, тебе можно завидовать! Если бы я мог, тебе бы я передал душу мою!

Слова Спинозы "Я прохожу мимо зла потому, что оно мешает мне служить идее Бога" Антокольский объявляет своим девизом.

В качестве портретного прототипа, за неимением действительных изображений Спинозы, Антокольский выбрал еврейского врача Эфраима Бонуса на гравюре Рембрандта.

Несмотря на увлеченность, работа тянется долго и трудно, однако, законченный весной 1882 г. "Спиноза" стал одним из самых духовно близких автору детищ.

К В. В. Стасову

Париж. Получено 3 октября 1882 г.
Лучшая работа моя по лепке: это — "Сократ"; по драматичности, новизне и драпировке — "Христос"; по трудности, задушевности — "Спиноза", которого я больше всего люблю(...)
Думаю теперь о многом: хочу делать "Мефистофеля" статую (эскиз готов), "Вечного жида", статую "Моисея", "Иеремию" (в нескольких видах он представляется мне); наконец пророчица "Деввора" очень меня занимает. Но всех их не сделаешь...

В работе над Мефистофелем Антокольский обрел давно не испытанный азарт, он ощутил эту работу как способ перелить в нее собственную горечь.

К В. В. Стасову

Париж, получено 15 января 1883 г.
...Говорят, что "Мефистофель" идет у меня хорошо. Еще бы! Я теперь в таком настроении, что ад и черти помогают мне...

Казалось бы, именно против этого предостерегал Спиноза, именно это, пойдя вслед за Спинозой, только что поклялся отвести от себя Антокольский, а не смог: зло надвинулось на него не поступком, не событием, но явлением, веком:

К Ел. Гр. Мамонтовой

Париж, апрель-май 1883 г.

...Этой работой я заканчиваю целую серию работ. "Мефистофель" есть нечто в роде финала, я бросаю его всем в лицо. "Мефистофель" есть продукт всех времен, и нашего в особенности. Наше время — переходное, мутное, очень удобное для ловцов, но это далеко не все. Мой "Мефистофель" есть загадочность, чума, гниль, которая носится в воздухе; она заражает и убивает людей. "Мефистофель" — это неутомимая злоба, злоба без дна, беспощадная, отвратительная, способная гнездиться в больном теле с разлагающейся душой. (...) Сделал же я его не по своей воле (...), желалось бы мне лучше воспевать человеческое счастье, его величие, но (...) художник с нервами есть только зеркало, время — и не больше...

К В. В. Стасову

Париж, 15 декабря 1885 г.

...Моего "Мефистофеля" я почерпнул не из Гете, а из настоящей действительной жизни, — это наш тип — нервный, раздраженный, больной; его сила отрицательная, он может только разрушать, а не создавать; он это хорошо сознает, и чем больше он сознает, тем сильнее озлобление его. Такие субъекты сами себя съедают, но это случается не скоро...

Сам Антокольский становится все более и более неспокойным, злобным, желчным, страдая от двойственности своего положения и надрываясь от нескончаемого спора со всеми, а, главное — от спора с самим собой, который постоянно решается "надвое": всей душой — за Россию; всем телом — против. Ему стало бы немного легче, если бы он поступился в чем-то: своей принадлежностью к России или к еврейству — все равно. Но он не поступался ничем и не искал выхода, а так и жил, разорванный надвое.

Ощущение физической неотъемлемости от России выражено наиболее сильно в следующем письме:

К В. В. Стасову

Париж, декабрь, 1882 г.

...Вы затронули один очень важный и больной для меня вопрос: вы вспоминаете мои слова, сказанные мною десять лет тому назад относительно "еврейства". Да, дорогой дядя, я это могу повторить и теперь с большей настойчивостью, но что прикажете делать — сила обстоятельств сильнее, чем воля человека. Жизнь, как море. Новые бури приносят новые волны, которые увлекают тебя броситься в них, и они унесут тебя дальше. Результат же тот, что новая жизнь принесет тебе новые впечатления и, следовательно, новые сюжеты, которые станут преследовать тебя неотступно день и ночь, пока ты их не создашь.

Чтобы воспроизводить евреев так, как я их знаю, необходимо жить среди них, там, где жизнь эта кругом тебя клокочет и кипит, а делать за глаза будет то же самое, что художнику работать без натуры. Как бы он ни напрягал все свои способности, как бы ни относился к своей работе добросовестно, искренне и горячо, все-таки в ней недоставать будет многого, а главное — того духа, который характеризует нацию и эпоху. Тот, кто хочет заниматься национальными сюжетами, должен творить на месте, иначе лучше и не трогать.

Среди евреев я бы смог быть еврейским скульптором в смысле внешности, отличительности; среди русских — русским, а вне их, к сожалению, я не могу быть ни тем, ни другим. Но все-таки Я ИХ, ОТ НИХ, ДЛЯ НИХ.

Как далеко ни отходил бы я в своих произведениях от настоящего, из какой эпохи и национальности я бы не брал сюжеты для моих работ, все-таки все это результат тех долгих дум и впечатлений, с которыми я живу, которые меня отравляют и воскрешают. Вся душа моя принадлежит той стране, где я родился и с которой свыкся; весь я принадлежу тем, кого раньше других назвал своими. На севере сердце мое бьется сильнее, я глубже там дышу и более чуток ко всему, что там происходит. Только издали я как будто вижу его более ясно, рельефно, целиком. Все это принесло мне много горя, много ночей я недоспал, волновался из-за него, из-за этого севера, но, к сожалению, испытал очень мало радости. А все-таки я отказался уйти от него, жить другой жизнью. Забыть его я не могу и не хочу. Вот почему все, что бы я ни сделал, будет результатом тех задушевных впечатлений, которыми матушка Русь вскормила меня. И я могу сказать только "Сладок мед твой, только уж больно ты кусаешься".

Вот, дорогой дядя, почему я имею право назвать себя русским скульптором более, чем всякий другой. Надеюсь, что придет время, когда увидят, что в моих работах больше всего отражается, и не в одних внешних чертах, весь дух, пропитывающий всякую душу, живущую в России и любящую ее...

Горькая обида на Россию и боль... боль — во многих других письмах.

К В. В. Стасову

Париж, получено 8 января 1883 г.
...Мне кажется, со мной никто не согласен. В искусстве правая сторона называет меня реалистом, левая — рутинером. Евреи думают, что я христианин, а христиане ругают меня, почему я жид. Евреи упрекают, зачем я сделал "Христа", а христиане упрекают, зачем сделал такого "Христа"? Все пришлось мне выслушать.

Наконец, здесь все убеждены, что я русский, а в России все убеждены, что я чужой (...). Ах, Русь, неужели ты отталкиваешь того, кто верил в тебя, любил тебя, и любил тебя по-своему? Но как жестоко ты наказала меня за мою преданность тебе, наказала и как еврея, и как человека!

Ах, Русь, жестока ты к чужим и жестока к самой себе!..

К В. В. Стасову

Париж. Получено 24 февраля 1883 г.
... Вы говорите: почему бы мне не перебраться совсем в Россию? Ах, дорогой дядя, если бы вы знали, как я чувствую себя здесь одиноко (...) А все-таки в России будет мне еще тяжелее. Здесь мне не помешают: я одинок, но утешаюсь тем, что все люди для меня чужие, как и я для них; а чувствовать себя не своим среди своих (...)

Проходит еще 5 лет, а в письмах — все тот же больной вопрос о России и еврействе:

К В. В. Стасову

Париж. Получено 20 января 1888 г.
...Вы совершенно верно заметили, что мои лучшие произведения — национальные. Еще бы! Как ни изучай чужое, как ни старайся наблюдать его, все-таки свое знаешь и любишь больше. Но, кажется, я уже писал вам, что я столько же русский, сколько еврей, и наоборот; таковым я был от природы; но прежде, чем быть евреем и русским, я желал бы быть человеком. Если бы сквозь мою национальную призму я мог подняться до человечности, тогда я был бы счастливейшим человеком в мире. Но для того, чтобы быть "национальным" художником, необходимо жить среди своей нации, чего, к сожалению, я не могу по двум причинам: ни здоровье, ни обстоятельства не позволяют мне этого. Вот живи со слабой грудью, с художественными нервами среди двадцатишестиградусного мороза, а то среди духа таких чиновников, которые на каждом шагу готовы наносить обиды потому только, что меня зовут "Мордух".

Ваш друг Мордух, или Мордухай.

К В. В. Стасову

Париж. Получено 27 февраля 1888 г.
...Жить в России среди равнодушных к искусству, среди презрения к еврейству, следовательно и ко мне; среди холода и ненастной погоды, наконец, среди неудобств для работы; прибавьте, жить мне, такому нервному, хилому, значит — прекратить жизнь. Нет, пожалейте меня, а еще больше и самое

искусство. Моя жизнь, мое чувство, мое искусство принадлежит России; ей я отдаю то, что беру от нее; а потому я хочу жить для нее, а не безрассудно умереть из-за нее...

Стоять за любовь к России, казалось, уже невозможно из-за чрезвычайно выросшего за последние годы злобно-воинственного отношения к нему. А он все стоит и доказывает:

К В. В. Стасову

Biarritz, 10 августа 1888 г.
...Да чужой ли я? Вот вопрос, на который хочу получить категорический ответ. Что дурного я сделал России? Я предан ей всецело, всей душой; ее жизнь, ее история стала мне дорога, дороже своей. Мою жизнь, мой талант я ей посвятил. Если я получаю в Европе славу и почет, то не как еврей, а как русский. Спрашиваю — за что меня так больно бьют и отталкивают именно те руки, в которые я бросился.

К В. В. Стасову

Париж. Получено 15 ноября 1887 г.
...Вы ставите мне в пример всех наших корифеев, на которых нападали и нападают. Могу уверить вас, что в этом и я не новичок, ибо для того, чтобы принимать все глупости к сердцу, надо иметь в запасе другое и третье сердца. Но все-таки, они мне не в пример, между ними и мною значительная разница. Эти люди жили у себя, среди своих; на них нападали, но тут же были и друзья, с которыми они жили душа в душу; они им сочувствовали, возмущались нападками; одним словом, жили, все-таки, среди добрых людей. Я же далеко от всего и всех, до меня долетают только отзвуки того, что мне дорого. Мое одиночество среди чужой толпы во сто раз хуже, чем одиночное заключение (...). Я продолжаю работать, только все прозу...

К В. В. Стасову

Biarritz, 19 августа 1888 г.
...Если гонения на меня не прекратятся, то я намерен обратиться к общественному мнению с вопросом: заслужил ли я право гражданства, признают ли они меня своим, и имею ли я право на все русское; если нет — делать нечего, придется с досадою взять посох в руки и искать по миру добрых людей. Мой язык понятен для всех, авось они поймут мой талант, мою скорбь... Но пока подождем, что дальше будет...

Дальше было событие, происшедшее не в далекой, но близкой России, а в близкой, но далекой Франции. Было "дело Дрейфуса". Антокольский откликнулся на него статьей (осталась ненапечатанной):

То, что я предвидел, то, что должно было случиться — случилось. Дрейфус вторично осужден... Я говорю — "то, что должно было", потому, что история Дрейфуса — нарыв на больном теле. Франция больна (...).

В те минуты, когда я пишу эти строки, в Байонне идет спектакль — бой быков; правда, на этот раз без лошадей, зато тореадоры — молодежь лучшего общества... речь идет о толпе, о зверском чувстве, о толпе, жаждущей жертвы (...).

Несколько лет тому назад я говорил о французском искусстве. (...)

Года два спустя я опять говорил о французском движении в искусстве, и опять отметил какую-то болезненную напряженность ко всему антиестественному (...)

Но можем ли мы оставаться равнодушны к тому, что происходит теперь? Можем ли мы дать французам, по выражению Бисмарка — "жариться в их собственной крови"? Не отзовется ли это дурно на том, кто этого желает, на том, кто равнодушный зритель этого?

Париж, 2 сентября 1890 г.

Антокольский обладал редким для художника политическим умом. Он не был замкнут в искусстве, как и само его искусство не было замкнуто в категориях чистой эстетики. Многократно он давал общественным событиям меткие политические оценки.

Тотчас почувствовал он и общественное значение суда над Дрейфусом. Но почему он увидел в нем симптом только-то того, что "Франция больна"?! Или давняя мысль о болезненности французского искусства, о пагубной роли противоестественных страстей возобладала? Заблокировала дальнейший анализ? — Казалось бы, кому, как не Антокольскому, обожженному русским антисемитизмом и отбежавшему от России на почтительное расстояние, было бы увидеть в деле Дрейфуса огонь того же пожара — языки пламени в его убежище..., но не увидел на этот раз...

А между тем, здесь же в зале суда в Байонне, в толпе зрителей оказался человек, кого дело Дрейфуса озарило решением проблемы, для которой Антокольский только искал, да так и не нашел форму пластического выражения, — проблемы "Вечного жида".

Был этот человек, как и Антокольский, евреем, ассимилированным и элегантным. На 18 лет моложе. На много более ассимилированным.

Состоятельный, образованный, светский молодой человек, талантливый журналист в начале блестящей карьеры, Теодор Герцель был типичным представителем того еврейства, которое в девятнадцатом веке, приняв культуру народов, среди которых оно жило, стремительно шло дальше — к полному растворению в окружающей среде.

104

На поверхность чужих культур тогда сразу всплыло множество еврейских имен: Гейне, Дизраэли, Берне, Мендельсон, Мейербер, Оффенбах, Ауэр, Писсаро, Антокольский...

В России этот процесс нетерпеливо подгонялся церковным миссионерством. Так было установлено, что "лица, достигшие 14-летнего возраста, могут обратиться из иудейства в христианство, не испрашивая согласия родителей или опекунов" (это в то время, когда для того, чтобы выдать долговую расписку на три рубля, надо было быть не моложе 21 года).

Однако, антисемитизм, меняя формулы и формы, не исчезал. Антисемита духовная ассимиляция еврея так же не устраивала, как и его духовная изоляция. С другой стороны, вопрос об отношении к своему народу и его судьбе среди других народов в той или иной степени, в тот или другой момент времени неизбежно вставал и перед "самым" ассимилированным евреем.

Ему, Теодору Герцелю, суждено было быть "окликнутым" этим вопросом в самом взлете его писательской и светской карьеры. И он остановился. И задумался. И пошел назад — к истокам проблемы.

День за днем, глядя в спину своего маленького ростом собрата — беззащитную жертву большого государства, он увидел и свою беззащитность перед ним; всю неистребимость антисемитизма, всю бесперспективность подчиненного сосуществования с ним.

Он лихорадочно искал выхода, разрешения. И нашел его в том, чтобы попросту приложить к евреям то, что всегда считалось непреложным в отношении других народов — необходимость собственного национального очага, необходимость политической борьбы за него.

Эту идею, охватывающую политические, экономические и все другие аспекты еврейского вопроса, включая вопрос о еврейском творчестве, он выразил названием своей книги: "Еврейское государство".

Вот ее основной тезис:

> "Я не считаю еврейский вопрос ни социальным, ни религиозным, хотя он иногда и принимает эту окраску. Это — вопрос национальный, и, чтобы его разрешить, мы должны сделать его вопросом всемирной политики; он будет разрешен советом культурных народов.
> Мы — народ, объединенный народ".

Теперь, когда он увидел и настоящую цель и настоящее средство, он не желал медлить и бросился в дело с таким жаром, точно намеревался наверстать упущенные две тысячи лет и все сделать завтра.

Даже молодых сил хватило всего на десять лет такого горения. Он умер от разрыва сердца, успев все же поднять и организовать широкое движение за осуществление мечты, носившей название "сионизм" — от поэтического имени Иерусалима.

(Не цинизм ли — превращение этого слова в политическое ругательство! Яростное, бескомпромиссное осуждение сионизма в СССР — это резкая эволюция антисемитизма, вероятно, конечная стадия его развития, ибо, если старорусский антисемитизм был выражением неприятия евреев в чужом для них доме, то новорусский антисионизм есть неприятие евреев даже в доме их собственном, далеком от границ России).

Как будто вопреки этим событиям общественной жизни, вопреки горьким фактам собственной жизни, Антокольский трудится в этот период над большими работами "русской" темы: "Нестор-летописец", "Ермак", "Ярослав Мудрый", проект памятника Александру II; готовится к новой выставке в России...

Илья Гинцбург вспоминает об этом так:

...Марка Матвеевича приглашают на все европейские выставки. В Вене, Мюнхене, Берлине, везде, где появляются его работы, он имеет колоссальный успех: ему присуждают высшие награды, его избирают членом всех академий. Слава его упрочена по всей Европе. Как не показать родине — матери своей то, чем восхищаются чужие? Ведь эта всемирная слава, эта честь, которую ему оказывала Европа, все это принадлежит России. И он вторично везет свои вещи в Петербург. На этот раз у него вещи более близкие русскому сердцу: "Нестор", "Ермак", "Ярослав Мудрый" и др....[*]

Антокольский бодр, с нетерпением и надеждой спешит к своему зрителю:

К графу И. И. Толстому

Мюнхен. Начало 1893 г.
...Итак, глубокоуважаемый граф, скоро прибудут к вам мои духовные дети, которых я вручаю вам и прошу вашего покровительства.

Скажу только одно: вся моя горечь и печаль, все мои радости, все, что вдохновляло меня, что создано мной, — все это от России и для России!..

К нему же

С. Петербург, 7 февраля 1893 г.
...Выставка устроена. Я сделал все, что мог. Теперь она ждет сочувствия, чтобы мои чувства и мысли были поняты...

...Забыл Марк Матвеевич свой неуспех восьмидесятого года. В Париже, вдали от русской жизни он не знал, что то, что в вось-

---

[*] И. Я. Гинцбург. "М. М. Антокольский, его жизнь и творения". В кн. Скульптор Илья Гинцбург. Воспоминания, статьи, письма. Ленинград, 1964 г.

мидесятом году только насаждалось, в 1893-м уже выросло и расцвело. Проповедники национальной розни усилились, выставку Марка Матвеевича часть печати встретила бранью и порицанием. Газеты известного уж тогда лагеря обрушились на Антокольского и ругали его как преступника, точно он своими статуями, своей деятельностью вредил России. Любимый публикой фельетонист наиболее распространенной газеты без стеснения писал, что случайно удалось бездарному жиду сделать статую Ивана Грозного и что Антокольский всякими пройдошескими приемами достиг известности в Европе. Время уже было такое, что истинно просвещенные люди не имели храбрости и силы восстать против всех замыслов этого нового лагеря. Один только В. В. Стасов как богатырь грудью защищал ни в чем не повинного художника. Один он воевал с целым роем комаров. Но один в поле не воин. (...) Состояние Антокольского было ужасно.[*]

Не попрощавшись даже с друзьями, Антокольский пулей вылетел из Петербурга и уже из Парижа прислал статью, полную клокочущей горечи — крик боли и упрека:

ПОСЛЕ ВЫСТАВКИ

...Поймали вора! Причина всех бед... Ну, и ату его!.. Кого? Меня. Да я-то в чем виноват?

Что я дурного сделал кому-либо? Отнимаю ли у кого хлеб, срамлю ли честь русского художества?

Первый, кто подал мне руку помощи, был русский... Товарищи и друзья как в академии, так и вне ее были русские... Создала мне известность и спасла жизнь — также русская. Чувствовал ли я тогда и давали ль мне чувствовать, что я — еврей?! Нисколько!.. Мы все были воодушевлены одной мыслью, все стремились к одной цели — любить свою родину и будить в ней чувство добра. С этим чувством уехал за границу; оно поддерживало меня многие годы, и если на моих произведениях не отразилась та горечь, которую за последнее время мне приходиться глотать в столь больших дозах и так часто, то опять благодаря тем же добрым людям, тем же русским, внушившим мне то же, что и Спиноза: " Проходить мимо человеческого зла, потому что оно мешает служить идее Бога".

С тех пор прошло ровно двенадцать лет... И Боже, какая перемена! Вместо единства — разъединение, вместо мира — ссора, вместо любви к ближнему — какое-то тупое, слепое озлобление.

---

[*] И. Я. Гинцбург. "М. М. Антокольский, его жизнь и его творения". В книге И. Я. Гинцбург. Из моей жизни. С-Пб., 1908 г.

Я далек от полемики; она ни к чему не ведет; мы и без того пресыщены желчью; наши нервы раздражены, мы готовы видеть врага даже там, где его вовсе нет... Мои "Сократ", "Христос", "Спиноза", "Христианская мученица", "Нестор", "Последний вздох" не несут с собой ни ссоры, ни вражды, а PAX (что и начертано на табличке в руках "Не от мира сего"), PAX, который так близок и родственен добру и красоте...

Дурно ли, хорошо ли, все-таки над этими произведениями я работал двадцать пять лет. Я отдал им лучшие годы моей жизни. Но при каких обстоятельствах и в каком душевном настроении я работал их в последние годы?.. В то время, когда гнулось железо для "Ермака", когда я лепил "Нестора" — шел погром за погромом, и, вместо обязательного в подобных случаях со стороны каждого просвещенного человека сочувствия, мои родные и братья встречали одни лишь глумления... Горькая чаша не миновала и меня.

Я бросил читать газеты, стал избегать разговоров, заперся у себя в мастерской, но и там мне было не легче... Мне казалось, что я не хорошо поступаю, не то делаю... Я чувствовал себя в роли Риголетто, — пел, когда хотелось плакать. Писал к друзьям — молчание; умолял заступиться, сказать свое авторитетное слово — ответа не было!..

Но вера моя была сильна, сильнее моих терзаний. Я верил и до сих пор всей силой своей души верю в справедливое и доброе чувство русского народа. Я верил, что причина всех столь печальных и жестоких явлений не в тех русских, которых я знал и знаю, а в каких-то новых, ненормальных, чуждых нам прежде элементах, которые умеют гнуться по направлению случайного ветра...

И вот, наконец, мои работы за последние 12 лет явились перед судом русской публики. Я не могу пожаловаться на недостаток сочувствия; напротив, оказанное мне сочувствие превзошло все мои ожидания. Но, вместе с тем, из известного лагеря с озлоблением обрушились на меня: ату его!.. И все это за то, что я еврей!

Но разве я виноват в том, что я — еврей?

И что дурного в том, что я — еврей! Разве мои произведения не доказывают, что я люблю Россию в тысячу раз больше, чем те, которые меня гонят только за то, что я еврей?! Разве все то, что я пережил, прочувствовал, все мои радости и печали, все, что вложено в мои произведения, не от России и не для России?! Разве почести и награды, которыми удостоили меня разные академии, были даны мне не как русскому? (...)

В эти годы уже бурно шел процесс эмиграции евреев из России, начавшийся с первой волной погромов в 1881 году. Если считать эту дату за начало исхода, то получается, что плен в России длился 200 лет — на 200 лет меньше, чем в Египте, на 150 больше, чем в Вавилоне.

Приблизительные, округленные цифры так представляют три главные волны эмиграции евреев из России до первой мировой войны:

1881 (первая ...1891 волна погромов)	1891 (изгнание ...1905 евреев из Москвы)	1905 (по- ...1911 (дело громы) Бейлиса)
30 — 60 тысяч в год	120 — 60 тысяч в год	200 — 100 тысяч в год

В качестве важнейшего обстоятельства, необходимого для правильного понимания современного положения, следует указать на то, что эмиграция евреев из России возникла не против воли, а в полном совпадении с волей России. Именно в массовом выезде евреев увидело правительство наилучший способ решения еврейского вопроса, найдя для него при Александре III афоризм: "Западная граница для евреев открыта".

Этой же цели соответствовало еще одно, воскрешенное и усиленное ныне изобретение. Одесский градоначальник предложил лишать выехавших евреев права на обратное возвращение в Россию по истечение известного срока. Государь был в восторге от идеи, начертав на отчете смышленного градоначальника собственноручное "Да".

И последний русский царь — Николай II стоял на тех же позициях (как же ему не стоять!) и на полях антисемитской книги тоже оставил собственноручный след: "Всюду заметна пагубная роль жида!"

Итак, все дороги, ведущие к западным границам, были запружены еврейскими эмигрантами. В помощь этому процессу создается специальное "Общество для урегулирования еврейской эмиграции". И, хоть велик был в то время естественный прирост еврейского населения, эмиграция бы взяла свое, все бы вытекло со временем из разбитого сосуда, но...

В 1917 году почти одновременно произошли два события, сколь важных, столь и противоположных друг другу по своему значению для русского еврея.

2 ноября в Англии была опубликована Декларация Бальфура — акт сочувствия британского правительства делу восстановления в Палестине еврейского национального очага; она враз сделала сионистскую мечту реальной перспективой.

А 7 ноября в России произошла вторая, "пролетарская", революция, обещавшая всем людям в России, включая евреев, все виды счастья, включая национальное.

* * *

Ожидание всех видов счастья, включая национальное, надолго заняло большую часть русского еврейства, совершенно заглушило в в ней не только идеи сионизма, но и самое национальное самосознание.

А когда сознание вернулось, западная граница оказалась закрытой вплоть до ''самолетного'' процесса 1971 года.

Сейчас все вернулось на круги своя. Еврейская эмиграция из России продолжается. По-прежнему очевидно согласие этого процесса с волей России, и только неприятие принципов свобод вступает в противоречие с этой волей, заставляя тормозить, ограничивать этот процесс физически, глушить его психологически. И, хоть цифры пока еще не те, что были ''до 17-го'', это все-таки все тот же процесс и вот как он теперь протекает:

годы	1948—1969	1970	1971	1972	1973	1974	1975	1976
выдано виз в Израиль	7600	1000	14000	31500	33500	20000	13000	14000

Я не попал в статистику ни 72-го, ни 73-го, ни 74-го, ни 75-го, ни 76-го годов; да вот и 77 уже на исходе.

А было столько надежд связано с этим 77-м...

Три маяка надежды светили нам в этом году: сначала — принятие новой конституции, потом — совещание в Белграде по проверке выполнения хельсинских соглашений, наконец, 60-летие советской власти.

Маяки угасали один за другим; все миновало, не принеся с собой амнистий ''самолетчикам'', разрешений ''отказникам''...

А 60-летие советской власти было и 60-летием КГБ, а также 100-летием со дня рождения первого руководителя советской опричнины Дзержинского. Эти юбилеи были отмечены с невиданным доселе подъемом. Много выпило, наверно, огромное невидимое воинство — все эти и ''настоящие разведчики'', и охранники ''государственных персон'' и ''государственных'' дач, и просто ''стукачи'', и подсобники из ''еврейского '' отдела.

Телевидение изо дня в день в течение нескольких месяцев по всем программам гнало фильмы, долженствующие убедить в святости и геройстве КГБ, а миллионы молчаливых зрителей предавались тревожным размышлениям — к чему бы это?

Вообще, год надежды обернулся годом еще более трудным, чем предыдущие, душным. Только и скрашивали мне его мои поиски...

Отправившись на встречу с Масловой в Академию художеств, я не стал ждать 47-й автобус у Летнего сада, а прошел одну остановку пешком и оказался на канале Грибоедова (бывший Екатерининский), где он берет начало из реки Мойки — у ''Спаса на крови''.

Храм заколочен. Долгие годы простоял он в разрушительном запустении (несмотря на то, что — центр города), и только пару лет назад поставили к отдельным участкам здания деревянные леса.

Я смотрел на этот участок набережной и видел кровавую сцену 1 марта 1881 года — жестокую, бессмысленную, исполненную ложного мерзкого пафоса. Сегодня принявший устрашающие размеры терроризм уже, казалось бы, нельзя воспринимать иначе, как явление патологическое, отвратительное. А тут — как ни в чем не бывало: имена террористов увековечены в названиях мест, именно прилегающих к той луже крови — улицы Халтурина, Желябова, Софьи Перовской, мост Гриневицкого...

Прочь отсюда! Скорей — в Академию!

Однако, и у "храма искусства" недобрая слава. В современных книгах про нее, про старую Академию, говорится как про подавительницу индивидуальности. Ловко подмечен негативный смысл ее символа — сфинксов, украшающих набережную Невы перед Академией; "сфинкс" по-гречески значит "душительница".

Что же тогда сказать про нее про нынешнюю?! — Часто приходится слышать, что молодой человек поступает не в Академию, а в художественно-промышленное училище, лишь бы уберечь хоть часть себя как художника. Мне же показалось, что даже, если бы не было в ней вообще администрации, то и тогда было бы тяжело в Академии из-за ее коридоров. В них неуютно, холодно. В ширину они как склеп — расставив руки, коснешься стен, а высота такая, что потолок видится чуть не в дымке.

Этот противоестественно вытянутый вверх узкий стрельчатый прямоугольник опустошает, делает ничтожным, создает психологическую предпосылку к подчинению.

Беседа с Масловой была недолгой. Материал книги о Гинцбурге, очевидно, недолго и неглубоко интересовал ее. Она ничего не могла сказать об источнике записи о надгробии Антокольского и понятия не имела о том, что скульптура давно утрачена.

Оставалось только воспользоваться ее советом поговорить с Шапошниковой, старшим научным сотрудником отдела скульптуры Русского музея.

Шапошникова, так же, как раньше сотрудница музея городской скульптуры, высказала мысль, что исчезновение относится к 20-м — 30-м годам. Больше она ничего не могла сказать по поводу головы, но и тут я ушел не без хороших советов: во-первых, искать воспроизведения в иллюстрированных каталогах выставок; во-вторых, поговорить с новым сотрудником музея Кривдиной, которая занималась Антокольским.

Последнее очень обрадовало и удивило — я уж и надежду потерял, что кто-либо сейчас интересуется Антокольским.

35—37. Ленинград. Вход в Летний сад — место первого покушения на Александра II,
набережная канала Грибоедова с ''Храмом на крови'', где он был убит,
и его гробница в соборе Петропавловской крепости

Leningrad. Entrance to Summer Garden — place of the first attempt on the life of
Alexander II, embankment of Griboyedov Canal and ''Temple on the Blood'', the place
where he was killed, and his tomb in the cathedral of Peter and Paul Fortress

38. М. М. Антокольский. Фото 80-х годов
M. M. Antokolsky. Photo of the 1880's

39. Пророк. Рисунок И. Е. Репина к стихотворению М. Ю. Лермонтова. 1890.
(Пророк написан Репиным с Антокольского)

The Prophet. Sketch by I. Y. Repin to Lermontov's poem. 1890.
(Antokolsky is portrayed as the Prophet)

40—41. М. М. Антокольский. Спиноза в ожидании смерти. 1882
M. M. Antokolsky. Spinoza Dying

42—43. М. М. Антокольский. Мефистофель. 1883
M. M. Antokolsky. Mephistopheles. 1883

44. М. М. Антокольский. Нестор — летописец. 1889
     M. M. Antokolsky. Nestor, the Annalist

45. М. М. Антокольский. Ермак —
покоритель Сибири. 1891

M. M. Antokolsky. Yermak,
the Conqueror of Siberia

46. М. М. Антокольский. Ярослав Мудрый. 1885
M. M. Antokolsky. Yaroslav the Wise

Глава 7.

ПОСЛЕДНИЕ ГОДЫ ЖИЗНИ

От печальной памяти выставки в Петербурге 1893 г. до смерти оставалось еще добрых 9 лет, но — увы! — мало что удалось сделать за эти годы. И хоть не раз еще он, борец и боец, найдет в себе силы приподняться, встать на колени и даже выпрямиться во весь рост как ни в чем не бывало, — как прежде, все же последний удар был роковым, и через все эти 9 лет тянется кровавый след к смертному ложу.

К В. В. Стасову

Париж, 11 февраля 1894 г.

...Пишу вам, — кому же мне писать?! Пишу — нет, не пишу, а кричу — что за время стало! Не узнаю ни себя, ни других. Друзья стали сонные и во сне забыли и меня. Было время, когда шла оживленная переписка, обмен мыслей, все интересовало, все хотелось знать; а теперь — я ли стал недостоин, или люди стали неряшливы, неопрятны совестью? Да где я? Что со мной? Кто я? Где моя родина? Куда влечет меня? Моего виноградника оберегать не могу, а чужого не хочу. Молю о любви, и в ответ — презрительное молчание. Стучусь в двери необитаемых домов, или в двери недобрых людей, тут мне не отвечают, а оттуда меня гонят...

Ветер воет, ветер треплет мои волосы и рвет мою одежду; я изнемогаю, падаю, встаю и иду, иду одинокий, среди равнодушной толпы.

Пусть заревет буря! Пусть поднимутся волны, как хребты гранитных скал! Топите меня, глотайте меня — я с песней им навстречу пойду!

Хочу петь, хохотать, чтобы хохотом глупцов тешить, умников пристыдить, или в слезах моих утопить их. Вот песня моя; да я не новость пою. (...)

Мне нездоровится, слабею, барахтаюсь, борюсь; часто пишу к друзьям и отсылаю, но чаще мои письма в печь бросаю — все равно теперь ветер против меня, мои звуки назад отгонит...

К В. В. Стасову

Париж, 24 февраля 1894 г.

... Я хвораю, сердце ноет, силы падают (...), а тут, в этой котловине, нет ни близких, ни родных; нет ни единого друга, ни единого живого чувства, все — какие-то математические аппараты с вычислением дробей (...).

Но будет! Я теперь справился и опять замыкаюсь в свою

художественную скорлупу (...), мой идеал — глина, хлеб и спокойствие...

К В. В. Стасову

Париж, 9 июня 1894 г.

...Да может ли и быть последовательность у людей, когда сама природа этого не делает — часто внук или правнук скорее похож на своего деда, чем сын на отца. Часто люди топчут свой идеал в грязи, а потом обмывают его и ставят на пьедестал. Все это было, есть и будет. А все-таки крепка вера в то, что в конце концов справедливость восторжествует. Не будь у меня этой веры — жизнь стала бы невыносима.

(...) если буду здравствовать, я сделаю то, что давно задумал: это под названием "Враги обнялись". Два противника сцепились до того, что оба пали мертвые. Так, обнявшись, они и лежат...

К В. В. Стасову

Париж, 5 февраля 1896 г.

...Я с нетерпением жду, когда кончу разные мелкие заказы (надеюсь, через два месяца все будет окончено) и возьмусь за серьезную работу. Итак, благословите меня, добрый друг, тем более, что будущая работа вам по душе, знаю это наперед.

До сих пор я никому не говорил о ней, кроме жены: прошу, чтобы это осталось секретом между нами. Я задумал нечто такое же, как "Нападение инквизиции". Говоря вернее, "Нападение инквизиции" должно пойти в pendant. Теперь я делаю вещь из времен первых христиан. Известно, что перед смертью их всех соединяли ночью и задавали им пир: нечто подобное делается и теперь. И вот, рано утром, привратник открыл решетку — и первые христиане идут на смерть с песнями; впереди их молодая экзальтированная девушка. Тут и евреи, и римляне, и галлы; тут в углу сцены молодая девушка — сестра или невеста, нехотя будит своего возлюбленного, заснувшего сладко к утру. Таков в общих чертах общий план. В pendant к этому, как я уже сказал, хочу сделать "Нападение инквизиции на евреев"; а среди группы два врага, обнявшись, лежат. Они в борьбе пали мертвыми. Смерть их примирила...

Что вы на это скажете? Во всяком случае, я начинаю с первого; фигуры будут в половину натуры; а там увидим, что Бог даст...

К И. Я. Гинцбургу

Париж. Февраль-март 1896 г.

...Иной раз хватаешься за перо, хочешь сказать то, что накипело на душе, думаешь, что тебя услышат, но тщетно: толпа или спит, как земля сырая, или бушует, как буйный ветер: куда нам до них!..

К В. В. Стасову

Париж, 23 сентября 1896 г.

...А между тем, жизнь идет своим чередом... я и то уже сильно задолжал... Кто знает, может быть, я ошибся в том, что в течение 25 лет мои мысли и чувства принадлежали северу, и до того, что из-за него я пренебрегал остальным миром; может быть, я должен бы искать пророчества вне своего отечества; тогда, может быть, я бы не так скоро поседел, а, главное, тогда, может быть, я сделал бы что-нибудь получше надгробных памятников...

К В. В. Стасову

Петербург, 29 декабря 1896 г.

...Я знаю, как относятся ко мне. Да кто я? Имя мое еврейское, фамилия польская, а паспорт русский. Имя мое многим, многим нелюбимо; фамилия моя никому не нужна; а паспорт хорош, но для того, чтобы убраться куда-нибудь подальше. Среди такого настроения трудно жить, труднее творить (...) Вы же учили меня любить и творить и вы же убедили меня, что все хорошее, светлое, чем человечество так гордится, в конце концов восторжествует у нас скорее, чем где-либо.

Это моя вера и мое убеждение, с этой верой я живу и творю, с ней же и умру...

К графу И. И. Толстому

18 октября 1897 г.

...Мой курс на родине все падает: повидимому, меня не хотят ни под каким соусом...

К И. Я. Гинцбургу

Получено 15 декабря 1897 г.

...Это фатальная и, прибавлю, повальная болезнь у нас, что все выдающиеся художники не выдерживают дольше полжизни, а потом они изменяют себе: кто спивается, кто умирает от чахотки, а кто от пули (...) Жизнь, проклятая жизнь художников среди дикости — вот что крутит людей...

К Ел. Павл. Антокольской

Париж, 16 декабря 1897 г.

...Моя вина состоит в том, что я родился евреем-скульптором, честным, и среди русских...

...''евреем-скульптором, честным, и среди русских'' — вот и определены три пункта коллизии. В общем, в это время Антокольский уже сознает полностью фиаско своей неразделенной преданности России, практически перестает упоминать ее, меньше думает о проблемах универсальных, больше о проблемах национальных вообще и о сионизме — в частности.

В 1899—1900 г. г. он начинает роман из еврейской жизни под названием "Изак". Часто затрагивает тему еврейства в письмах. Все чаще адресует письма Гинцбургу...

К И. Я. Гинцбургу

Париж, декабрь 1899

...Выписки из письма Горького по поводу сионистов, или вернее, по поводу еврейства вообще, столько же меня обрадовали, сколько и удивили. В теперешнее тяжелое время, которое мы все переживаем, кто не антисемит? Все охотно сбрасывают свою больную голову на чужие плечи. Эти паллиативные меры в конце концов еще более портят дело. Когда начались еврейские погромы, я писал И. С. Тургеневу, прося его сказать свое авторитетное слово. Он не скоро отвечал мне, и что отвечал? Скорее отнекивался: теперь, дескать, не время (кажется, я передал это письмо барону и, кажется, оно было где-то напечатано).

Десятки лет спустя я посетил (первый раз) Л. Н. Толстого. Время было тогда бурное по поводу процесса Дрейфуса. На мой вопрос, следит ли он за этим процессом, он отвечал: "Нет".

Немного времени спустя он же написал статью за финляндцев, именно за тех, которые не пускают евреев к себе даже на порог. Мне казалось, что только Стасовы и немногие подобные им уцелели от чумы антисемитизма, и вот слышу теперь и от других голос сочувствия. Как это теперь редко, как это отрадно! Радуюсь, что есть еще добрые люди, которые не бросают всех зараз в мусорную яму, не обвиняют всех за немногих, а, напротив, — прислушиваются к их стону и подают руку сочувствия...

К В. В. Стасову

С-Петербург, 10 декабря 1899 г.

...Что же касается до падения наших курсов, то на это скажу одно — таланты похожи не на звезды, а на бриллианты, которые блестят только на ярком свете, а темные ночи — праздник только для воров...

К В. В. Стасову

Париж, 25 января 1900 г.

...Советуют ехать в Германию лечиться; но я надеюсь, что как только погода поправится, поправлюсь и я...

К В. В. Стасову

Париж, 12 марта 1901 г.

...Уж не знаю почем, отчего, каким образом, но в последнее время происходит со мной нечто небывалое — то одно, то другое, и одно другого хуже, просто отлив (...). Я теперь работаю с азартом памятник Екатерине II...

К И. Я. Гинцбургу

Париж, январь 1902 г.

...Благодарю Бога, что теперь вылечился. Я возвратился на старую дорожку, я начал работать по-старому. После моей продажи у меня осталось немного денег и я ставлю все это охотно на карту, ва-банк. Работа, которую я затеял, возьмет у меня времени три года, а там — пойду ли я пешком или поеду в золотых каретах, — во всяком случае душою буду тогда богаче всех. Ты, наверное, уже знаешь, что я взялся за "Инквизицию"; но это лишь третья часть работы...

Продажа, упомянутая здесь — это распродажа с аукциона всей его долгие годы с любовью собираемой коллекции предметов прикладного искусства; результат катастрофического финансового положения.

Упоминание "Инквизиции" в этом письме тоже знаменательно — она будет упоминаться теперь почти в каждом письме, помеченном 1902-м годом, последним годом жизни Антокольского.

К В. В. Стасову

Париж, 9 января 1902 г.

...Я вытащил мое "Нападение инквизиции" и поставил на станок (...). Вы понимаете, что значит "поставить работу на станок"? Это значит, что я начинаю работать. Так пожелайте же мне, дорогой мой, доброго успеха. (...) ваше письмо застало меня также за рукописью "Еврейская хроника города В."* (...) Я начал эту "хронику", когда был еще в Академии (...), тогда еще я инстинктивно высказал то, что теперь происходит по поводу еврейского вопроса...

К И. Я. Гинцбургу

Париж, январь 1902 г.

...Если я до сих пор не посвятил себя исключительно еврейским сюжетам, то, может быть, отчасти оттого именно, что я еврей. Это не софизм, а истина. Не даром же кричат, что евреи-космополиты; ну и пусть их. А по-моему, вот что. Есть четыре степени эгоизма: личный, семейный, национальный и общечеловеческий. Нельзя сказать, который эгоизм лучше, кто больше страдает и наслаждается, чья жизнь шире и глубже. Я не могу проследить самого себя, какими путями и почему у меня складывается любовь к общим человеческим идеям. С тех пор, как я помню себя, я иначе не думал, хотя вначале и по-ребячески.

В памяти моей осталось содержание одного письма моего, писанного на жаргоне покойным родителям. Это было в начале вступления моего в Академию Художеств. Я тогда рассуждал о о том, что мы родились на всем готовом, что задача человека —

---
* Вильно

отплатить человечеству чем-нибудь и т. д. С тех пор и поныне я все иду той же дорогой и решительно не раскаиваюсь. Моя "Инквизиция", вместе с другими работами, стремится к той же общечеловеческой идее. У меня будет три барельефа и одна группа. Мне кажется, по крайней мере я надеюсь, что мне удастся наглядно выставить всемирную драму, и что от этого мой сюжет "Инквизиции" скорее выиграет, чем проиграет.

Все это, приблизительно, хотя в иных словах, я писал и В. В., но мне хочется отвечать тебе совсем другое, а именно как художник художнику. Для тебя не ясно, почему я рад, что делаю "Инквизицию" теперь, а не 30 лет тому назад. А это очень просто: потому что у каждого художника есть три периода: сперва он раб природы, затем друг природы, и наконец, он тиран ее. 30 лет тому назад я находился еще в первом периоде; надеюсь, что теперь нахожусь не в последнем еще.

Далее, ты находишь, что "Иван Грозный" — лучшая моя работа. Как тебе сказать? "О вкусах не спорят" (...). Но мне кажется, что мои "Сократ", "Христос" и "Спиноза" куда выше "Ивана Грозного", и не по одному тому, что все они — герои — положительные типы, но и по технике они шире, проще. Прибавлю — и труднее. Труднее воспроизвести спокойное и глубокое море, чем волнующееся...

К В. В. Стасову

Париж, 28 января 1902 г.

...Я еврей, да, да, может быть, как никто; но еврейского вопроса, о котором вы говорите, в искусстве я не допускаю, просто потому, что на всякий вопрос в конце концов есть ответ, и тогда вопрос снимается, между тем как искусство есть, было и будет. Еврейский же вопрос я свожу к вопросу общечеловеческому...

К В. В. Стасову

Париж. Получено 8 февраля 1902 г.

...Нет сомнения, что художник лучше сделает портрет своего отца, чем портрет чужого и т. д., но есть в искусстве еще нечто другое, чем внешний облик: это содержание, мысль и чувство. И тут, в этом отношении, под каким углом ни стал бы художник, как бы далеко он ни отошел от своего народа, он все-таки остается верным своему народу, потому что он думает и чувствует именно как его народ (...).

К В. В. Стасову

Париж, 19 марта 1902 г.

...Я сильно работаю, необыкновенно хлопочу и порчу себе массу крови и — порядочно прихварываю. Если бы не случилось перерыва, то моя работа "Инквизиция" близилась бы теперь к концу. Но я должен ее переделать — начал ее не в достаточном размере, да и притом же памятник Екатерине II сильно меня отвлекает...

По поводу этого памятника Екатерине II для города Вильны он давно досадовал. Впервые разговор о статуе зашел в 1873 г., но тогда он отнекивался, а теперь вот делал, надрывался, ускоряя ход болезни, отвлекая последние силы от "Инквизиции", упуская последний шанс завершить работу целой жизни.

К И. Я. Гинцбургу

Париж, 21 марта 1902 г.

...Относительно еврейского костюма ты прав; там пока мало значительного. В тех рисунках, которые В. В. прислал мне, очень мало еврейского, за исключением головного убора. (...) Хотелось мне собрать группу индустриальных вещей исключительно еврейских, но я был сильно разочарован (...) В музее "Клюни" есть целый отдел еврейского культа, собранный евреем-коллекционером, и там я не мог почерпнуть что-нибудь особенное, кроме мелочей, как например, убранство Торы и проч. Да и как могла развиваться у евреев своя особенность?

Для этого надо сперва быть независимым в стране процветающей, а никоим образом в гетто, гонимым. (...)

Работа "Инквизиция" шибко пошла, но была прервана работой, а больше хлопотами по поводу памятника, и я не мало крови себе испортил этим...

К И. Я. Гинцбургу

Париж, март 1902 г.

Я хорошенько не помню, что именно я сказал тебе в прошлом моем письме, но по твоим словам видно, что ты принимаешь поговорки в прямом смысле слова, а между тем, пословицы, поговорки ответственны лишь только за смысл. Действительно, я мало знаком с движением сионистов, т. е. с принципом их, тем не менее, мне кажется, что каждый порядочный человек должен сочувствовать ему, уже по тому одному, что он будит человеческое достоинство и ищет исхода, но горе мое в том, что именно этого исхода я не вижу. Люди хотят вырваться из вековой цепи, чтобы попасть на зубы великана, хотят вырваться от векового позора... Но что такое свобода, позор? Пусть сегодня дадут всем евреям равноправность, как им дали во Франции, и тысячи тех же сионистов сделаются плутами, проходимцами, забудут про евреев и будут они рабами своих скверных инстинктов, как это я вижу здесь, во Франции. Глядя на этих вылощенных, извращенных, будто бы евреев, я спрашиваю себя: захотел ли бы я меняться с ними лохмотьями, забытыми в гетто, но с верою и чистою душой? — Сомневаюсь, несмотря на все их богатство.

Я лично буду преклоняться перед сионистами, как и перед всяким, кто ищет богатства, главным образом, не материального, а душевного.

Сколько тысяч лет тому назад великий пророк Исаия громил евреев словами Бога: "То не пост, который я требую от вас", и т. д. А, право, нам не стыдно и теперь это повторять на разные лады.

Вот мой личный идеал. Вот, что я хочу видеть среди породы, выдержавшей великую борьбу, закаленной в бою, как сталь — огнем и водой. Где же они?

К И. Я. Гинцбургу

Villa Baronata. Lokarno (Suisse), 1902 г.

Наконец-то я здесь, — пока один. Живу нараспашку, совершенно по-деревенски (...) Благодарю тебя за твой добрый совет не ехать теперь в Петербург, да я бы и не поехал, это было бы для меня, кроме того, что бесполезно, но и слишком еще утомительно. Я только теперь чувствую, насколько я был усталый (...).

Будь здоров. Только что получил письмо (совершенно случайно) из Иерусалима, в котором мне сообщают, что Репин, который говорил про меня, как про доброго знакомого, заканчивает картину "Искушение Христа в пустыне".

Будь здоров. Друг твой.

Марк.

В предыдущем письме Антокольский говорил о сионизме (без особой веры, но — с глубоким уважением) ; в последнем упоминает Иерусалим... Все. Более в собрании Стасова писем Антокольского нет. Настали дни тяжелейших физических страданий, последние дни жизни. Их описание воспроизводим здесь по воспоминаниям Гинцбурга.[*]

В начале июня 1902 года, я получил от Антокольского коротенькое письмецо, и это было его последнее письмо ко мне. Он писал: "Я очень болен, еду в Берлин, посоветуюсь там с доктором и, куда он меня пошлет, туда поеду; приезжай, вместе поживем, и тебе надо отдохнуть". В Берлине через несколько дней я получил телеграмму: "Находимся во Франкфурте, Паласт-отеле".

С первым же поездом я уехал во Франкфурт, и там меня встретила на лестнице отеля жена Антокольского Елена Юльяновна, расстроенная и со слезами на глазах. Она сообщила мне, что Марку Матвеевичу очень плохо и что ему нужен абсолютный покой. Профессор Норден, который был рекомендован ей доктором Шершевским из Петербурга и доктором Ционом из Парижа, подробно выслушав больного, не нашел у него ничего опасного и серьезного, а только полный упадок сил и нервное расстройство и принялся лечить больного не лекарствами, а только усиленным питанием. "Я хотела соз-

---

[*] Академик И. Гинцбург, "Смерть Антокольского" в кн. Из прошлого, Гос. Изд-во, Л., 1924.

вать консилиум, — сказала плача Елена Юльяновна, — хотела вызвать из Берлина доктора, но Норден не хочет; он говорит, что это бесполезно, болезнь будто не серьезная. Бедный мой муж, — продолжала, совсем разрыдавшись, Елена Юльяновна, — он в последнюю зиму так много работал, не жалея себя, что окончательно растратил и без того слабые силы: в особенности, я думаю, ему повредило то, что он, в свободное от усиленной работы в мастерской время, долго писал, забывая сон и еду. Я и дети умоляли его оставить писание на другое время, когда у него будет меньше работы в мастерской, но он так увлекался, что никто не мог уговорить его хоть на минуту отдохнуть''.

На следующий день меня, наконец, впустили к больному. Его изнуренный вид меня поразил; Марк Матвеевич был неузнаваем: страшно похудевший, с земляным цветом лица, со впалыми, тускло глядевшими глазами. Поздоровавшись со мною и задав несколько вопросов о петербургских друзьях своих, он стал жаловаться на нездоровье и на доктора, который заставляет его много есть. ''Меня кормят каждые два часа, и это меня убивает: я не могу есть, у меня боли в желудке. Ах, как бы только поскорее поправиться настолько, чтобы можно было отсюда уехать; я тогда поеду в Швейцарию, вместе там поживем в моей вилле'', — сказал он тихо, с трудом произнося каждое слово.

В тот же день я говорил с профессором Норденом, который подтвердил, что болезнь не угрожает жизни больного, что хорошим и усиленным питанием и отдыхом он будет скоро поставлен на ноги. То же сказала мне и сестра милосердия, очень аккуратно исполнявшая все предписания доктора; она еще прибавила: ''Больной воображает, что он не может есть; надо его заставить есть, чтобы поднять его силы''. — ''Нет ли у него рака в желудке?!'' — спросил я. ''Нет, — уверенно ответила сестра, — исследования не показали присутствия рака''.

Елена Юльяновна страшно беспокоилась о детях, которых она оставила одних в Париже нездоровыми. Я обещал съездить на несколько дней в Париж с тем, чтобы, вернувшись, остаться с больным, а ее отпустить к детям. Перед самым отъездом я опять поговорил с Норденом и спросил его, могу ли я спокойно уехать, или он считает положение больного критическим, — не лучше ли мне тогда остаться с больным. ''Поезжайте себе спокойно, — ответил очень сухо профессор, — Я вам уже сказал, что болезнь не опасная''. ''Может быть, вы напишете доктору Шершевскому в Петербург о болезни Марка Матвеевича, — сказал я, — Шершевский его личный друг и давно знает его организм''. ''Напишу через несколько дней,'' — неохотно и строго заметил Норден.

Прощаясь со мною, Антокольский сказал:

— Поезжай, посмотри Салон и зайди ко мне в мастерскую:

посмотри, как я начал "Инквизицию". Знаешь, ведь я теперь задумал целый цикл новых вещей, под названием "Всемирная трагедия". Это будут три огромных горельефа: нападение культурных народов на варваров, нападение язычников на первых христиан и нападение инквизиции на евреев; в заключение я сделаю большую группу под названием "Помирились": два недавних врага лежат обнявшись, мертвые. Я это давно уже задумал и надеюсь, что когда я это сделаю, все меня поймут; тогда в этот цикл войдут и другие старые мои работы. Впрочем, ты сам увидишь; приедешь — скажешь, как тебе понравилось.

В Париже я пробыл меньше времени, чем предполагал, потому что известия, которые по телефону получала младшая дочь Антокольского от матери о болезни отца, были неутешительными; но я все же успел обстоятельно осмотреть и Салон, и мастерскую Антокольского. Я увидел эскиз "Нападение язычников на христиан" в первоначальном, еще необработанном виде, а также "Нападение инквизиции", уже начатое в окончательных, больших размерах. Хотя Антокольский придерживался в "Инквизиции" старого эскиза, сделанного еще в конце 60-х годов, однако, он теперь все же многое изменил — и к лучшему; четыре раза он менял композицию этого замечательного произведения, и все эскизы были превосходны. Это — последнее создание, которым был захвачен дух великого таланта. Заодно я осмотрел и другие работы Антокольского и нашел много нового. Замечательны его эскизы "Самсон", "Микель-Анджело", "Девушки у окна" и другие, в высшей степени выразительные и полные высокого воодушевления.

Когда я вернулся во Франкфурт, то нашел Антокольского в состоянии еще худшем; кроме прежней худобы и истощенности, он весь сделался еще и желтым от разлития желчи; глаза, в особенности, были ужасны: совершенно впалые и желтые.

— Вот что со мной делают, — жаловался он мне: — заставляют есть, когда я не могу, и добились того, что теперь у меня печень заболела; в особенности мучают меня тем, что пить не дают, а я изнемогаю от жажды; только и позволяют, что куски льда держать во рту, но, знаешь, я контрабандою глотаю капли ото льда.

Я посоветовал вызвать из Вюрцбурга знаменитого доктора Лебе, но Норден настаивал на том, чтобы поскорее переехать в Гомбург, где воздух лучше; да и притом и в Паласт-отеле нельзя было более оставаться, так как отель переезжал в новое помещение. Никогда я не забуду нашего переезда. Елена Юльяновна одевала мужа, глотая слезы, боясь показать больному свое горе. Я помогал укладывать вещи. Надо было спуститься вниз, и я предложил Антокольскому руку. "Не надо, — сказал он тихо, — хочу посмотреть, в состоянии ли я ходить один". Но тут, сделав несколько шагов, он взял руку жены, сердито сказав: "Вот что сделал доктор; приехал я бодрый, а теперь не могу шагу сделать".

Когда мы усаживались в карету, я с ужасом заметил при полном свете страшный вид больного: он походил на мертвеца; все на улице останавливались и, глядя на него, качали головою.

Это не ускользнуло от внимания больного, и расположение его духа сделалось еще более мрачным. Напрасно Елена Юльяновна, которая сама была вне себя от волнения, утешала его всю дорогу.

В Гомбурге мы поместились в трех комнатах, и Елена Юльяновна усадила больного на балконе в шезлонг.

"Ах, сколько тут воздуха! — сказал Марк Матвеевич — Может быть, я от воздуха поправлюсь".

Но на следующее утро ему стало опять хуже. Нужно было как-нибудь привезти младшую дочь, которая оставалась совершенно одна в квартире в Париже и страшно скучала по родителям. Решено было, чтобы Елена Юльяновна поехала в Париж, а я остался при больном. Сидя у его изголовья, я замечал, что ему становится все хуже, и лечение не идет ему впрок.

Я снова стал расспрашивать и профессора Нордена и его помощников (гомбурского врача) о положении больного, и тут Норден мне сознался, что положение Антокольского опасно. "Но он вынесет все, потому что натура у него замечательно крепкая", — спокойно прибавил Норден. Елена Юльяновна поторопилась через день вернуться, но без дочери, которая нехорошо себя чувствовала и отложила свой приезд на несколько дней. И Елена Юльяновна тоже нашла, что положение больного ухудшилось. "Непременно сейчас послать за другим доктором! — закричала она из другой комнаты. — Лебе позвать! Телефонируйте Нордену, пусть он назначит консилиум!" Но Норден, явившись, объявил, что он не согласен вызвать Лебе, и почему-то счел нужным спросить об этом больного, который ответил: "Прошу вас, доктор, делайте, как сами знаете, и если не находите нужным позвать другого доктора, то не зовите". — "Почему вы это говорите, Марк Матвеевич? — спросил я по-русски, — Ведь мы уже решили непременно позвать Лебе". "Нет, пускай он делает, как сам знает, — ответил больной, — Ты знаешь, что хороший доктор, это то же, что хороший художник: надо, чтобы он сам довел до конца свое дело, и если он найдет нужным позвать помощника или товарища, то это его дело".

Норден решил подождать с приглашением Лебе до завтра, но завтра уже было поздно. С утра у больного появилась усиленная рвота.

— Пожалуйста, — сказал мне Марк Матвеевич, — напиши скорее Шершевскому в Петербург, опиши ему мою болезнь и объясни, как меня лечат. Он меня знает, он мне друг, пускай он скажет, что со мной. Боюсь, что Норден ошибается, он меня не понял. Видишь, как он сам теперь смущен.

Вместо письма, я, по просьбе Елены Юльяновны, послал в Петербург телеграмму родственнице Шершевского, прося сообщить, где Шершевский, которого Елена Юльяновна хочет пригласить в Гомбург. Ответ получился неблагоприятный: не знали, куда Шершевский уехал. Положение же больного с часу на час ухудшалось, — однако, он настолько был уверен в своем выздоровлении, что просил жену сходить осмотреть новую квартиру и, видя ее уходящую, делал ей прощальные знаки рукою. Вечером Норден, к моему удивлению, отозвал меня в сторону и сказал: "Случился поворот к худшему — больному нехорошо; телеграфируйте дочерям, чтобы приехали, а жене не говорите: она расстроена, от нее надо пока скрывать".

До последней минуты своей жизни Антокольский был в полном сознании. "Видишь, — сказал он мне, крепко сжимая мою руку, — вот чего добились доктора".

Елена Юльяновна не отходила от постели больного; она все надеялась на консультацию и велела послать телеграмму Лебе. С больным вдруг случился обморок, рвота стала учащаться. Доктор (гомбургский) не отходил от больного, велел дать ему шампанского, сделал подкожное впрыскивание камфоры. Я чувствовал приближение конца, и мне стало страшно в эти роковые минуты. "Спать хочу", — слабо произнес умирающий. "Дайте ему спать, — умоляющим голосом сказала Елена Юльяновна. Она крепко держала руку мужа и все время целовала и ласкала его. Доктор отозвал меня в сторону и сказал: "Пульса нет, он умирает".

Но затем он снова стал слушать сердце, дал нюхать больному спирт и, наконец, сделал мне знак.

— Не надо, он заснул! — крикнула Елена Юльяновна. Я поцеловал руку учителя, заснувшего вечным сном.

— Доктор, дайте ему что-нибудь, чтобы он проснулся! — закричала совершенно уже обезумевшая вдова.

Это произошло 26 июня /9 июля/ 1902 года.

* * *

5 октября 1977 года. По еврейскому календарю — праздник Симхат Тора — радость Торы. — День, когда, перевернув последнюю страницу своей Книги, евреи ликуют, восхищенные ее мудростью. И тут же переворачивают книгу, чтобы вновь открыть первую страницу, прочитать первые стихи и, начав тем самым новый годичный цикл ее чтения, символизировать свое навечное посвящение собственному творению.

Центром праздника Торы, конечно, является синагога.

В древнем Иерусалиме было 480 синагог, и в каждой была школа для изучения Торы и устного закона. А при храме была главная, так называемая великая высшая Школа (Бейт га-Мидраш га-гадоль). И было сказано: "Да будет Дом Твой местом собрания мудрецов".

В Ленинграде осталась одна синагога, и угаснувшая еврейская жизнь в день Симхат Тора вспыхивает здесь своим чудом уцелевшим угольком.

Это единственный день в году, когда ленинградская синагога полна. Толпа едва помещается в здании, в дверях — жестокая давка. На этот раз — это не только старцы, из последних сил приковылявшие на торжественный зов, — в толпе много молодых. Они понятия не имеют о сути происходящего, эти молодые, но инстинкт сохранения нации жив, он-то и привел их сюда: кого по собственной воле, кого — по воле родителей, цепляющихся за редкий случай познакомить "своего шалопая" с "хорошей еврейской девочкой".

Выезд, конечно, прибавил национального задора — и старикам и молодежи, их теперь больше здесь, чем в предыдущие годы, особенно — последних.

Но не рада этому администрация ленинградской синагоги. И то сказать — тут уж не до школы и не до собрания мудрецов, когда раввин умер, кантор эмигрировал, а для того, чтобы ладить с властями, надо быть хитрецом, а не мудрецом. А тут эти крикуны, которые тащат за собой к несчастной синагоге КГБ, милицию, дружинников. "И что за охота им-то самим рисковать своими институтами?"

Праздник заканчивается рано. Недружелюбный голос через микрофон торопит всех к выходу, с излишней поспешностью гасят свет. А за дверьми — темень, и сбитые ступени скользки от моросящего дождя. С двух сторон в меня вцепились два несчастных существа, чтобы я помог им преодолеть в темноте порожек, чтобы не скатиться им с высокой лестницы, не погибнуть тут у самой синагоги.

Да, совсем они не веселы, евреи, стоящие вокруг меня в самый веселый свой праздник. Плотной толпой запрудили двор синагоги, медлят расходиться по домам. Образовали два кружка, в которых запели израильские песни ("заводилы" тут, конечно, — "отказники"). А все же не веселы. Не веселы потому, что темно, потому, что холодно, а главное, потому, что нельзя быть веселым, будучи напряженным. А они все напряжены, ибо каждый сознает, что совершает акт, неугодный власти. Каждый напряженно взвешивает свои движения на весах осторожности, косится на соседа. Напряженность висит в воздухе оттого, что в такой момент две стороны близко сошлись, угрожающая сила молчит, но она — рядом. Вот она!

С верхних ступенек главного входа в синагогу видно, что там, напротив, через дорогу, за углом "Дома быта" стоят две машины: фургончик и черная "Волга" начальства. Сам начальник в белой рубашке с обязательным галстуком и в шляпе наблюдает, держа руки в карманах. Иногда он что-то бросает в группу из двух-трех человек, окружающих его. Тогда один из них исчезает куда-то...

Сделав два снимка толпы, я вызываю резкую враждебность людей и тут же сознаю, что и в самом деле моя камера да еще и вспышка бьют по натянутым нервам, неуместны здесь.

А на следующий день проблемы в связи с фотографированием возникли совсем в другом месте — в Русском музее.

Вообще, снимать в Советском Союзе — проклятие. Объективобоязнь — это болезнь, поразившая всех повально, возбудитель у нее не один: во дворе синагоги действовал страх перед КГБ; более распространенный, "уличный" вирус это выращенный КГБ стереотип сознания: фотоаппарат — орудие шпиона и вредителя. Возникло все это, вероятно, в годы гражданской войны и коллективизации, но до сих пор действуют запреты: нельзя снимать промышленные объекты, нельзя — людей в военной форме; еще совсем недавно нельзя было снимать городские мосты. Трудно переоценить, насколько прочен этот стереотип в сознании советского человека. Даже тот, кто силой интеллекта подавит в себе мысль о шпионе, все же заметит человека с фотоаппаратом, ощутит настороженность. Даже перед объективом друга, члена семьи русский становится напряженным — кто видел их иными в семейных альбомах?

Вероятно, самый благородный вирус — музейный. Пусть смешна эта потуга проявить "хозяйственность", тут возразить нечего: государственная монополия на художественные воспроизведения музейных экспонатов.

Я уже говорил с Кривдиной по телефону, и мы назначили свидание "под лестницей у Антокольского". Это место — зал 48 — представляет собой, собственно, не зал, а переходную площадку с лестницей на второй этаж и соединительным переходом, ведущим в корпус Бенуа. Маленькое окно дает мало света, но зато уголок этот принадлежит только Антокольскому: у лестницы сидит бронзовый Иван Грозный, у окна лежит мраморный Сократ, у стен друг напротив друга стоят бюсты И. С. Тургенева и С. П. Боткина.

В ожидании Кривдиной я решил поснимать — как получится — в полутьме. Достаю камеру из сумки и почему-то чувствую себя злоумышленником. Покосился незаметно глазом и — точно: охранница уже не дремлет, наблюдает за мной. Стараюсь держаться непринужденно — ведь я не нарушаю правил: не пользуюсь ни штативом, ни вспышкой, однако, действую быстро. Щелкаю раз, два... Властный вопрос:

— Товарищ, вы откуда?

— Что значит — "откуда"?

— Ну, почему вы производите съемки?

— Да я ... не произвожу. Я снимаю. Как все.

— Не похоже... Все — щелк и пошел, а вы чего-то приглядываетесь...

132

Дурацкий разговор прекращается появлением Кривдиной. Это было сладостное знакомство: впервые я говорил с человеком, интересующимся, профессионально занимающимся Антокольским. Каким чудом она пришла к нему? Может быть, это заслуга ныне покойного профессора Академии художеств Авраама Львовича Кагановича, ее руководителя дипломного проекта? Во всяком случае, работа ее была об Антокольском и ее нынешние занятия в большой степени связаны тоже с ним.

Мне было очень приятно поделиться с ней кое-какими "личными" находками. Главная из них состояла в "открытии" "Инквизиции".

Кривдина считала, что оригинальный эскиз находится в Третьяковской галерее. (Собственно, так считают в самой Третьяковской галерее). Это, очевидно, заблуждение. Будучи в Академии художеств, я переписал хранившийся там перечень "Произведения академика М. М. Антокольского, оставшиеся после его смерти в его парижской мастерской", Париж, 1910 г. Под номером 61 там значится: "Инквизиция" (1902). Большой горельеф из гипса. Последняя работа М. М. Антокольского". Заговаривая с каждым встречным об Антокольском, я узнал, что произведения эти были привезены из Парижа в Академию художеств, а отсюда кое-что могло попасть во вновь организованные в 30-е годы музеи в Исаакиевском и Казанском соборах. Я увидел "Инквизицию" в экспозиции музея истории религии и атеизма в Казанском соборе. Горельеф служит там атрибутом антирелигиозной пропаганды, являясь в этом качестве лишь слабым дополнением к расположенному рядом "страшному" макету в натуральную величину "Камера пыток инквизиции".

Научная сотрудница музея, работающая в нем с 1933 года, Софья Григорьевна Рутенбург рассказала, что "Инквизицию" музей получил от Академии художеств, что в 1941 году Третьяковская галерея сделала себе с нее гипсовый отлив. Снять технологический слой воска с оригинала не успели и после войны горельеф, вобравший в себя много пыли и грязи, выглядел так плохо, что его решили... покрасить. Толстый слой белой масляной краски совсем убил "Инквизицию" как предмет искусства. Между прочим, фотографируя ее, я опять нарвался на скандал. На меня налетела охранница — крохотное существо, обвешанное медалями. Она была такая маленькая, что медали ее едва не волочились по полу, но, раскачиваясь и задевая друг друга, они производили весьма воинственный звон. Закрыв грудью объектив моей камеры, как пулеметную амбразуру, она заявила: "Все! Все! Два раза сняли и — хватит. Можно только два раза".

Думаю, что хотя это происходило снова в музее, объективобоязнь на сей раз была вовсе не музейного свойства. Дело в том, что музей этот антирелигиозный, партийный. Пропаганда здесь достигает пределов "допустимых норм" и местами выходит за эти пределы.

Когда началась антисионистская кампания, здесь, на стенде напротив Антокольского были выставлены новые экспонаты: еврейские молитвенные атрибуты, буклет "Факты и цифры об Израиле", начальный учебник еврейского языка "Элеф мелим". Эти предметы, да еще фотография старого еврея с курицей, были предназначены возбудить у посетителей те же чувства страха и отвращения, что и окружающие их инквизиторские орудия пыток.

Отказники начали водить сюда иностранцев, которые не только ушам, но и глазам своим не верили. Тогда (году в 75-ом) "экспонаты" убрали... Музей все-таки предпочитает иметь дело не с иностранцем, а с публикой внутренней, лучше — провинциальной (она-то и образует, в основном, длинную очередь у бесплатного входа). Музей отдает себе отчет в средствах, которыми пользуется, и не любит посетителя-интеллигента, посетителя с фотоаппаратом...

Сюда я привел однажды Кривдину, "подарив" Русскому музею Казанский собор с его Антокольским. И в свою очередь получил подарок.

Кривдина сообщила мне, что в книге Стасов В. В. "Письма к деятелям русской культуры", М. Изд. АН СССР 1962—1967, в письме к Репину есть редакционное примечание, в котором содержится ссылка на описание памятника Антокольскому.

Я бросился в Публичку, разыскал это примечание, выписал источник и тут же сдал требование на журнал "Еврейский мир", 1909 г., №№ 11—12.

Увы! Я получил фигу, а не "Еврейский мир"; на моем требовании стояла знакомая надпечатка: "Выдается для научной работы".

Тут два пути: один — получить где-нибудь официальное ходатайство о выдаче мне для чтения журнала с таким ужасным названием — нереален. Другой — путь личного контакта. В нем только и оставалась надежда.

На следующий день в момент, когда в журнальном отделе почти не было посетителей, я завел беседу с библиографом. Я ей рассказал про надгробие, про поиски, указал, что ссылка на журнал сделана в издании 1967 года, я изо всех сил улыбался и видел, что убеждаю. Однако, она медлила. Тогда я (как бы между прочим) достал из кармана удостоверение члена общества охраны памятников (красное) и в этот самый момент увидел, что победил. Я обязан здесь указать, что, оказав мне большую любезность, этот работник библиотеки остался в то же время трогательным стражем интересов государства. Она сделала так: пошла, сама взяла журнал, убедилась, что в нем есть статья, о которой я говорил, принесла журнал, раскрытый на этом месте, дала мне его читать с условием, что я не буду заглядывать в другие места, и усадила рядом с собой, чтобы проследить за этим.

Это была статья И. Я. Гинцбурга "К открытию памятника

М. М. Антокольскому". Она содержала историю его сооружения и детальное описание самого памятника. С волнением я читал: "...Ниже — отлогая плита, в верхней части которой вставлен горельеф-медальон — портрет покойного художника "на смертном одре", вылепленный мною по впечатлению и по портрету сейчас же после его смерти".

Название в кавычках "на смертном одре" совпадало с названием работы № 91 в каталоге выставки скульптуры И. Я. Гинцбурга в Петрограде в 1918 г. А ее воспроизведение я уже видел в альбоме "Современная русская скульптура" Пт. (1915) и в книге Гинцбурга "Из прошлого".

Теперь, когда уже почти не оставалось сомнения, что все это — одна работа, пришло и окончательное подтверждение: все в той же Еврейской энциклопедии в статье "Санкт-Петербург" оказалась фотография памятника в первозданном виде...

Первый этап поиска завершен: я смотрю на воспроизведения, я вижу то, что было для меня раньше только словами: "одухотворенное лицо мученика — одна из лучших работ Гинцбурга".

Теперь, близко узнав Антокольского по его письмам, я скорблю по нему так, будто пережил все вместе с ним, будто я стою у его смертного одра. Снова и снова я вглядываюсь в фотографии... хочу спросить... Но красивая гордая и мученическая голова последним движением устало отвернулась от людей.

. . . .

А потом мелькнул новый вопрос: "А кто проектировал памятник ему, Гинцбургу? Его ученик? Кто? Каков этот памятник? Нужно обязательно выяснить — завершить цепь третьим звеном".

47—48. М. М. Антокольский. Памятник Екатерине II в Вильне, 1902. (На верхнем сним-
ке третий справа — скульптор, приехавший в Вильну для приемки фундамента)

M. M. Antokolsky. Monument to Catherine II in Vilna, 1902. (On the upper
photo third on the right is the author coming to Vilna to inspect the foundation)

49—50. "Под лестницей у Антокольского". Русский музей. Ленинград
"Under the staircase at Antokolsky's." The Russian Museum. Leningrad

137

51-52. "Инквизиция" в Казанском соборе. Ленинград
"Inquisition" in the Kazan Cathedral. Leningrad

138

глава 8.

ПОХОРОНЫ — ДОЛГИЙ ПУТЬ ТЕЛА

...По установившемуся в Гомубрге порядку, вынос и похороны должны совершаться тайно, ночью, когда все спят. Но прежде, чем положить тело в гроб, нужно было показать умершего дочерям, которые приехали после смерти отца, больные и расстроенные. Все должно было совершиться так тихо, чтобы не разбудить обитателей курорта, от которых все, напоминающее смерть, скрывалось. Не забуду я этого ужасного выноса: торопливо заколотили простой дощатый гроб, и по черной лестнице какие-то незнакомые люди вынесли его тихо в сад, а оттуда, в темноте, без фонаря, точно воры, побежали с мертвецом за город. Ни единой души не было видно и, кроме нас четверых и носильщиков, никого не было. Мы еле поспевали за гробом. Еврейская часовня находится в Гомбурге далеко за городом, на кладбище, в пустынном месте. Неприглядная обстановка часовни совершенно расстроила вдову. "Это здесь, в сарае, он должен лежать!" — воскликнула она. Не найдя нигде кареты, мы вернулись домой пешком, совершенно разбитые.

На другой день гроб был перенесен на вокзал и поставлен в специально приготовленный вагон в присутствии некоторых членов еврейской общины и только трех русских, приехавших нарочно для этого из Нугейма. Вагон с гробом переночевал в Гомбурге, а на следующий день утром отправился, сопровождаемый нами, в Берлин и дальше, через Вержблово, в Россию.

"Как в России тихо и спокойно!" — сказали мне дочери Антокольского, никогда раньше не бывавшие в России. "Бедный муж мой! Умер один на чужбине, а теперь и похороны будут малолюдные", — сказала с грустью вдова. "Очень может быть, что на похоронах многих из его друзей не будет, — ответил я, — теперь лето, все на даче, и Петербург пуст". С любопытством смотрели мы все в окно вагона и удивлялись тишине, которая после заграницы так поражает путешественника, особенно впервые приехавшего в Россию.

Подъезжая к Ковно, мы заметили какое-то движение на платформе, котороя была полна народу. Когда же поезд подошел к вокзалу, толпа двинулась к нашему вагону. До меня доносились крики: "Где они? В котором вагоне?" — "Здесь, здесь!" — закричал кто-то. "Пропустите депутацию! Венки сюда несите!" И толпа со страшным шумом ворвалась в наш вагон.

Я испугался было, предположив, что это пассажиры, желающие занять наши места. В голову мне не пришло, что это депутация от города. "Где тут семейство Антокольского? — закричали какие-то незнакомые мне люди, — Просим их выйти из вагона; депутация хочет возложить венки на гроб Антокольского. Надо торопиться: поезд стоит всего десять минут". Мы все побежали к траурному вагону, у которого стояли певчие и масса народу. При пении был открыт вагон, где была отслужена краткая панихида. С трудом мы могли пробраться обратно к нашему вагону, окруженному толпой, безмолвно стоявшей в ожидании отхода поезда. Депутация от ковенских евреев провожала нас до Вильны. Вдова и сироты были поражены этой неожиданной встречей и долго не могли прийти в себя от волнения. "Вас ожидает особенная встреча в Вильне, — сказали мне ковенские депутаты, — уже второй день, как там идут приготовления. Вас ждут ко всякому поезду и намереваются продержать вас довольно долго. Все настаивают на том, чтобы похороны были в Вильне".

Тут я должен сделать маленькое отступление и объяснить, почему вышло так, что Антокольского похоронили в Петербурге. Сейчас же после его смерти я задал вдове вопрос, где она похоронит мужа, и она сперва назвала Флоренцию. "Он очень любил Флоренцию, — сказала она, плача, — как счастливы мы были первое время в этом городе! Это была лучшая пора нашей жизни". "Но во Флоренции никого из близких вам людей теперь нет, — возразил я, — а кроме того, с тех пор прошло уже двадцать пять лет, и важнейшая пора жизни Марка Матвеевича прошла уже вне Италии". "Ну, в таком случае, я похороню его в Париже, хотя он не особенно его любил". "А мне кажется, что Марка Матвеевича следует похоронить в России, — сказал я, — и лучше всего, советую вам, решить этот вопрос сообща, с близкими друзьями Марка Матвеевича". По моему совету вдова послала телеграмму в Петербург некоторым друзьям покойного. Ответ получился такой, что Антокольский своей деятельностью и жизнью принадлежит России и должен быть похоронен в Петербурге. Мы так и решили. Но на следующий день мы получили телеграмму из Вильны: город настойчиво просил предать тело Антокольского, гражданина Вильны, родной земле. Елена Юльяновна, ответив о своем решении, попросила их все же снестись по этому вопросу с петербургскими друзьями покойного.

И вот ковенцы теперь сообщили мне, что депутация виленских евреев намерена ехать в Петербург с ходатайством о том, чтобы после панихиды в Петербурге тело было привезено обратно в Вильну для погребения.

Еще на далеком расстоянии от вокзала, выглянув в окно вагона, я был поражен необычайным зрелищем: масса народа заполняла все свободное пространство, и казалось, что поезду невозможно будет подъехать к вокзалу. Как море все волновалось, и шум многотысячной толпы был слышен еще за версту. Что-то стихийное было в этой толпе. Я предупредил моих спутниц, что в Вильне предстоит особенная встреча, и чтобы они не слишком волновались. Поезд подошел к вокзалу, точно врезался в черную массу людей. С трудом выбрались мы из вагона, требовались невероятные усилия, чтобы не быть затертым в этой возбужденной толпе. Траурный вагон отцепили, несмотря на все наши доводы, что нас ждут в Петербурге. На вокзале нас встретила депутация от города, с городским головой во главе, и депутации от многих обществ. Бесчисленные венки были возложены на гроб при пении еврейских певчих. Целый час продолжались речи депутатов и панихида. Вся многотысячная толпа с обнаженными головами кланялась вдове, которая, рыдая, не могла отвести глаз от окружающего. С детьми сделалось дурно: пришлось пригласить доктора. "Нет, нет, ничего подобного я не могла себе представить", — сказала мне расстроенная вдова, когда поезд тронулся. "Вот Россия, вот где папа родился!" — воскликнула одна из дочерей.

Всю остальную дорогу вдова и дети были в страшном возбуждении. Виленская история в меньших размерах повторилась в Двинске и в других городах, и утром, когда мы приехали в Петербург, никто из нас от нервного напряжения не чувствовал ни усталости с дороги, ни слабости от бессонных ночей, проведенных в последнее время у одра умиравшего Марка Матвеевича.*

Из газеты "Новости", 6 июня 1902 года:

ПОХОРОНЫ М. М. АНТОКОЛЬСКООГО

Сегодня уже с 7 часов утра народ густой толпой направлялся по Вознесенскому и Измайловскому проспектам, а также по прилегающим к ним улицам и переулкам к Варшавскому вокзалу.

К 8 часам утра на вокзал почти невозможно было пробраться (...) Толпа в благоговейном молчании окружила траурный вагон, где стоял дубовый гроб погибшего М. М. Антокольского (...) Окончено было краткое богослужение и процессия медленно двинулась вперед. Толпа росла и, приближаясь к синагоге, она достигла нескольких десятков тысяч человек (...) Допуск публики в синагогу пришлось заранее прекратить (...) Ближайшие к почившему люди, как его первый критик В. В. Стасов и его ближайший ученик И. Я. Гинцбург, и некоторые другие, сняли гроб с катафалка и на руках пронесли в синагогу (...) Гроб был окружен родственниками покойного. Среди них находились: супруга покойного, две дочери его, два брата, сестра покойного и другие.

---

* И. Я. Гинцбург. Смерть Антокольского. Из кн.: Из прошлого. Гос. Издво, Ленинград, 1924

Богослужение отличалось чрезвычайной торжественностью. (...) Из синагоги в 11 часов 45 мин. печальная процессия направилась по Офицерской улице, Вознесенскому проспекту, Казанской улице и Невскому проспекту (...) У подъезда Николаевского вокзала вся площадь была запружена публикой (...) В 12 час. и в 12 час. 30 мин. отошли на станцию "Обухово" два поезда, переполненные публикой, пожелавшей проводить М. М. до места его вечного успокоения. Ровно в 1 час дня отошел экстренный поезд с траурным вагоном (...) Со станции гроб на руках, более нежели 1/2 версты, был перенесен на Преображенское кладбище и внесен в синагогу для совершения заупокойной молитвы над телом покойного.

По дороге к кладбищу, при шествии погребальной процессии с гробом Антокольского от Обуховской станции до Преображенского кладбища, пел превосходный хор еврейских певчих синагоги, и целая толпа присутствующих несла, по древнему обычаю, большие зажженные факелы в руках. (...)

Когда гроб опустили в могилу, произнесены были речи. Первым говорил вице-президент Императорской Академии художеств (...) Затем следовала речь В. В. Стасова:

"Господа присутствующие! Из числа людей, знавших Антокольского с его молодых годов, теперь осталось уже немного, — и я один из этих немногих. Я узнал Антокольского, когда ему было всего 24—25 лет, и с первого же раза нашего свидания я был им и удивлен, и поражен, и пленен. Я был лет на 20 старше его, я уже видел много людей на своем веку, много также и художников наших, иногда замечательных и талантливых, но перед этим — я остановился с невольным, особенным каким-то вниманием. Я чувствовал в нем соединение чудесной души, и чудесного ума, и что-то совершенно оригинальное по мысли и таланту. Мне захотелось поскорее привлечь его поближе к себе, быть с ним вместе, слушать его, прислушиваться к тому, чего он хочет, что задумывает, к чему стремится. Ничего такого я еще не замечал у нас, а особенно в скульптуре, которой у нас просто, все равно, что вовсе еще и не было.

И скоро пошли у него одни создания за другими, одни других лучше, одни других важнее. Я ими любовался, я ими наслаждался, и, все-таки, у меня в голове далеко не было того, что потом с ним сделалось и чем он скоро потом стал. (...) Он был сначала кто-то и что-то, как будто мало заметное, а вдруг вырос, и как скоро, и вышел из него вдруг — орел! Как я радовался, как я был счастлив, следя за взмахами его крыльев! Как меня восхищало то, что он, как из скорлупки негодной, в которой так часто прозябало столько людей, скоро выбрался на широту и свет, что он не оставался в тех узкостях, исключительностях и ограниченностях, в которых иногда в молодости пребывают люди его племени, даже и известные могучим летом к идеям и постижениям общечеловеческим и всемирным.

В молодости Антокольский был как-то настроен печально и элегично. Он, так сказать, любил останавливаться мыслью и чувством на минусах, на погибелях, погибелях по слабости (Спиноза, Сократ, голова Ионна Предтечи и др.). Но впоследствии, от минусов он пошел к плюсам и, кроме Петра I, дал еще великие плюсы деятельности, создания и силы (Нестор, Ермак и др.). Но скажу теперь, после 30 лет, прожитых с ним рядышком, есть у него одно создание, которое выше всех по мысли, по чувству, по несравненной трагичности, по силе, по правде, по проповеди. Это я говорю даже не про его чудного "Ивана Грозного". Я говорю про его еще более чудную "Инквизицию". Там вот что было представлено: жирный, отъевшийся, самодовольный, тупой испанец-кардинал, инквизитор, спускается в подвал, где евреи празднуют свою Пасху. Все перепугались, все бегут спрятаться, выскочить вон. Но тут поднялся среди них, среди обезумевшей толпы, опрокинутого стола, сдернутой скатерти, сыплющейся о пол посуды, — поднялся муж силы, благородства и величия, по красоте и энергии словно воскресший пророк и вождь древности, и говорит им: "Стойте, куда бежите? И зачем бежать? Что, испугались тех цепей, что вон те несут, бряцая мечами и алебардами своими? Не надо! Остановитесь! Спасения все равно не будет". И этот великий момент, это великое чувство и силу Антокольский выразил так, как только великие умы и таланты делают это в мгновенных, мимолетных набросках и эскизах. Злая судьба послала ему смерть, оттолкнула Антокольского от его глины и уложила его в мрачную могилу в те минуты, когда он принялся доканчивать и почти докончил мысль и эскиз своих молодых годов. А все-таки и те двое, Судьба и Смерть, ничего не поделают с Антокольским и его созданием. Они останутся бессмертными!"

. . . .

"(...) бренные останки великого ваятеля Марка Матвеевича Антокольского (...) покоятся на Преображенском поле под несколькими щепотками сырой земли, без камня, который бы ее удержал от сползания, без подписи (...)"

Это — выдержка из воззвания, разосланного во все концы России для сбора денег на сооружение памятника. Занялся этим в 1905 году специальный комитет, душой которого был Стасов. Входили в него еще барон Д. Г. Гинцбург, граф Ив. Ив. Толстой, Д. Ф. Файнберг и И. Я. Гинцбург. Последним и был разработан одобренный комитетом эскиз памятника.

Так как подписка шла чрезвычайно медленно, Стасов решил создать временное ограждение, заказав архитектору Ропету деревянную ограду в еврейском стиле.

Добрый друг покойного художника пережил его лишь на 4 года и не увидел памятника. В 1906 году образовался стасовский кружок, поставивший себе задачей сооружение памятника Стасову; он же взял на себя и последнюю заботу Стасова, приняв в свой состав прежний комитет.

Решено было начать сооружение памятника с той суммой, которую удалось собрать (несколько более половины ранее намеченной).

Первоначальный проект был несколько упрощен, склеп и нижнюю часть фундамента еврейская община сделала на свой счет.

По эскизам И. Я. Гинцбурга архитектор Я. Г. Гевирц разработал проект, сделал шаблоны и заказал исполнение в камне финляндской фирме "Гранит".

Не сразу было принято решение поместить на памятнике скульптурный портрет. Илья Гинцбург обратился за разрешением к председателю еврейской общины барону Горацию Осиповичу Гинцбургу. Тот сказал, что для Антокольского можно сделать исключение из строгих традиционных правил, но все же желательно найти прецедент.

После того, как Илья Гинцбург нашел на Преображенском кладбище прецедент — памятник со скульптурным изображением присяжному поверенному П. Я. Левинсону, вопрос был решен и бронзовый горельеф — портрет Антокольского "на смертном одре" был установлен в вырезе отлогой мраморной плиты.

Открытие памятника состоялось через семь лет после похорон — 22 ноября 1909 года. Опять была публика, речи. Выступали: председатель еврейской общины барон Д. Г. Гинцбург, И. Е. Репин, представитель виленского художественно-промышленного общества имени М. М. Антокольского, представитель "Еврейского Литературного Общества", представитель "Еврейского Исторического Общества".

Статью "К открытию памятника М. М. Антокольскому" Гинцбург заканчивает так: "Сильное впечатление произвела на всех молитва кантора и чудное звучное пение хора".

*   *   *

Сильное, подавляющее воздействие оказывает на нас, отказников, арест Щаранского. Конечно, особенно гнетущая атмосфера — в Москве, но и у нас в Ленинграде тягостно. Дело здесь не в личных чувствах. Мало кто из ленинградцев знал Щаранского — симпатии и сочувствие к нему были чувствами не личными, а групповыми. Дело и не в личном страхе, хотя арест активистов еврейского движения в Москве, конечно, "стучался" и в наши двери: почти каждый отказник в той или иной степени и форме также проявил эту активность.

Главное здесь — не сочувствие, не страх, а знакомая тем, кто пережил 37-ой, 53-ий и т. п. годы, очень специфическое чувство, которое точнее всего назвать тоской. Это — гражданственное чувство, порождается оно в позорные моменты советской истории и представляет собой такую степень общественного разочарования, при которой личные чувства и даже личный страх оказываются на втором плане.

Однако, суда над Щаранским нет. Мы сейчас грамотные, знаем уголовно-процессуальный кодекс и ведем счет: вот истекли три месяца, которые ст. 97 УПК устанавливает как максимально допустимый срок содержания под стражей при расследовании дел (с учетом продления обычного 2-х месячного срока в случае особой сложности дела). А он все под стражей.

Вот истекли еще три месяца, имеющиеся в распоряжении прокурора РСФСР. А обвинительного заключения все нет.

Последняя инстанция — Генеральный прокурор СССР, он может продлить срок ареста на последние три месяца. Но и они уже истекают. Что же готовится там так долго?

Дни стоят короткие и тусклые. С утра до ночи — с задернутыми шторами. Тишина пустой квартиры переносится все тяжелее. Особенно неприятны ночи, но иногда даже днем, даже в разгаре работы над своими ''летописями'' под уютным ободранным и обгорелым торшером, за качающимся на одной ноге квази-письменным столом вдруг вспомню всю темноту и холод за спиной, увижу бесконечную даль, отделяющую меня от того другого дома, где семья, почувствую зыбкость своего положения и призрачную неопределенность надежды... и уже более не работается. Тут остается одно — бежать из дома, бежать вон по любому поводу, лишь бы на люди.

И я бегу: в публичку или что-нибудь снимать, или в музей. Именно так я оказался в Русском музее сегодня и, отойдя от Нестора вместе со стайкой школьников, впервые ткнулся в соседний угол зала.

Там стоит небольшого размера бронзовая модель памятника Богдану Хмельницкому работы Микешина (того самого, что является автором неудачного памятника Екатерине II перед Публичной библиотекой). Как-то сразу подумалось, что, хоть в соединении Богдана Хмельницкого с Нестором-летописцем и есть какой-то тематический мотив, гораздо больше ощущается в этом соединении противоречие — противоречие стиля, духа и, главное, национальных аспектов.

Подробный осмотр модели подтвердил это ощущение.

Дело в том, что тут представлена модель памятника, каким его хотел увидеть Микешин и каким он был первоначально одобрен. Модель эта отличается от ставшей символом Киева конной статуи прежде всего тем, что на ней присутствует еще множество ''идеологических'' фигур. Впереди тут те, кто поет славу герою: малоросский Кобзарь и окружающие его велико-, бело-, мало- и червонорусы. А позади...

позади — трупы тех, по ком прошелся его конь. Первая же фигура вызывает содрогание: распростертое тело женщины, в которое вдавлено конское копыто.

Ну почему не змея, поверженный щит, любая эмблема, символ какой-нибудь, а человеческое тело, да еще — женское?!

Далее катится вниз другой труп или раненый, падает на распростертое внизу лицом вверх тело еврея.

Эта последняя фигура сзади, очевидно, важнее для всего замысла, чем даже первая фигура — Кобзаря — впереди. Поэтому она — самая подробная из всех фигур.

Тут — ермолка на голове, другие атрибуты веры, выпавшие в последний миг из закоченевшей руки; тут — весьма экспрессивное запрокинутое старческое лицо и борода, вскинутая в небо как вопль; тут — производящие самое жуткое впечатление босые, вытянутые в предсмертной судороге ноги... Тут вышла целая большая сцена. Кому — ''Подвиг Хмельницкого'', растоптавшего скоком женщину и старика, а кому — подвиг старика-еврея, принявшего смерть босым, но с покрытой головой.

Получилось так у Микешина случайно, просто потому, что — художник. Сам не ведал значения изображенного им события по причине презрения к жиду.

Администрация музея тоже, наверное, не долго сомневалась, и вот они стоят в зале 73 почти рядом:

В левом углу — нежной, трепетной красоты образ Нестора-летописца, воплотивший благоговейное уважение еврея из Вильны к русской истории.

В правом углу — вульгарный образ вульгарного героя, отразивший глубокое презрение русского из Смоленской губернии к евреям вообще и к страшной виленской странице их истории — в частности...

Домой я вернулся поздно, но спать не хочется. Снова перебирал свои находки — воспроизведения пропавшей головы. Их у меня прибавилось: Кривдина нашла в бумагах отдела вырезку из какого-то старого журнала, я нашел в частном доме и получил в подарок недатированную открытку.

Все же наилучшим по качеству остается воспроизведение памятника в старой еврейской энциклопедии. Всматриваясь в него, сопоставляю с моими фото, вижу, что две ступени при памятнике уже почти полностью ушли в землю...

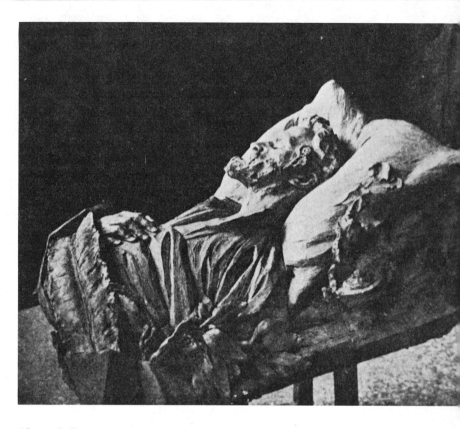

53. И. Я. Гинцбург. Антокольский на смертном одре. 1903
    I. Y. Ginzburg. Antokolsky on death bed. 1903

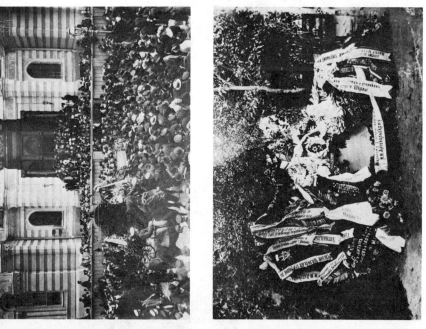

54—57. Похороны Антокольского: С.-Петербург, траурная процессия у Варшавского вокзала, у синагоги, на Невском проспекте; венки на могиле (с фото К. Булла)

Antokolsky funeral: St. Petersburg, mourning procession at the Warsaw Railway Station, at the Synagogue, at Nevsky Prospect; wreaths on the grave (from photo by K.Bulla)

58—60. М. О. Микешин. Памятник Богдану Хмельницкому: монумент — в Киеве, и проект — в Русском музее в Ленинграде (на заднем плане виден "Нестор — летописец" Антокольского)
Monument to Bogdan Khmelnitsky: monument—in Kiev and project—in the Russian Museum in Leningrad (on background "Nestor, the Annalist," is seen)

Глава 9.

СХВАТКА У МОГИЛЫ

Итак, нелегкая жизнь Антокольского завершилась, тело его погребено... Но память о нем только начинала жить и ей была уготована судьба такая же нелегкая. Причина этому — та же, ибо клеймо еврея ставится не на теле, а на имени.

Я видал виды, и все же был поражен антисемитским подходом при анализе творчества Антокольского — где? — в самом авторитетном издании по истории русского искусства, что стоит в Публичке в зале литературы на полках свободного доступа — ''Истории русского искусства'' под редакцией Игоря Грабаря, том 5, 1913 г.

В статье об Антокольском, написанной бароном Н. Н. Врангелем, автор с первых строк враждебен. Дальше — больше и, наконец, назвав его евреем, отпускает поводья. К последней фразе он, верно, уж и позабыл, что — искусствовед и что статья — о скульптуре:

> ''(...) Он первый стал искать символ идеи. В истории русского искусства он, как тяжелая болезнь, после которой организм должен окрепнуть, он — безотрадное само по себе явление — имеет значение, как переход от устарелых форм школьного академизма к свободе современности (...) Антокольский занимает отдельное место в истории скульптуры. Он один среди евреев ярко выразил расовые черты своей нации, придав всем сюжетам, им затронутым, оттенок особого миропонимания. Антокольский — еврей в своем понимании природы, во взглядах на искусство и действительность, еврей по образу мыслей и выражению их (...) Антокольский до конца жизни остался верен своей нации, горячо любя только то, что было связано с нею. Во всей жизни Антокольского, в его скульптурах: ''Скупой еврей'' /1865/, ''Инквизиция над евреями в Испании'' /1868/, ''Еврей-портной'' /1874/, даже в его переписке, изданной и обработанной до неузнаваемости В. Стасовым, красной нитью проходит эта национальная черта. Еще заметнее она при ознакомлении с подлинниками его писем, где слог, выражения и образ мыслей особенно типичны''.

Вот! Напрасны, оказывается, были все труды. Напрасно думал он, что в Иване Грозном, Петре, Ермаке выражал Россию как русский. Врангель поймал его за руку как еврея — слог писем выдал.

Что же? Может быть, он действительно принадлежит евреям? — Опять нет! Им говорят: ''Не трогайте! Он — русский''.

Последняя тенденция ярко выразилась в статьях некоего А. Ж., который, любезно слюнявя Антокольского, старается в то же время отделить его от еврейства, мечтает об исчезновении евреев в России, приспосабливая Антокольского под эту идею. Несколько его статей и возражение брата Антокольского составили поучительную книжицу "Антокольский и евреи", Вильна, 1902, которая ниже цитируется.

Памяти М. М. Антокольского (статья А.Ж.)

Смерть Антокольского, конечно, большая, заметная потеря для искусства вообще, а для русского искусства в особенности, и мы, русские, первые искренно оплакиваем эту потерю (...) (...) жаль, что не нашлось русского человека, который тут же, у гроба, сказал бы, что Антокольский в сущности не еврей, а наш, русский, христианин (...)

Жизнь и смерть Антокольского — поучительный урок современному еврейству: из гроба его точно раздается завет, что вне слияния с русским обществом и народом, вне служения идеалам русской истории и христианства для современного русского интеллигентного еврея нет спасения!..

(Слово-то сильное — "спасение"! — но тут ему, пожалуй, — место).

В защиту памяти М. М. Антокольского. (Отклик Г. М. Антокольского)

М. М. по рождению был еврей, вырос в еврейской патриархальной семье, до 20 лет никуда от этого семейного очага не отлучался, первую нравственную и материальную помощь получил от своих единоверцев, в петербургский период своей жизни пользовался покровительством евреев-меценатов, женился на еврейке из своего родного г.Вильны, воспитал своих дочерей в духе еврейской религии, старшую дочь свою выдал замуж за еврея Монтефиоре, внука занемнитого английского филантропа, всю свою жизнь с большим уважением относился к еврейским традициям и нравам, никогда не переставал черпать вдохновение из еврейской библейской и современной жизни и умер, окруженный своими друзьями-евреями, оплакиваемый действительно преимущественно своими единоверцами и похоронен по обряду своей еврейской синагоги.

Покойный был евреем и, следовательно, существом, над которым каждый публицист из Хитрова рынка вправе был безнаказанно изощрять свое остроумие... Кто не помнит этих милых выражений вроде: "Христос Антокольского изображает еврея, связанного по рукам и представленного в таможню за контрабанду". ("Спб. Вед." 1880 г. № 82).

По поводу проекта памятника Пушкину его работы А. Суворин в своих "Очерках и картинках" (т.1, стр. 133) изрек: "Пушкин представлен евреем, который открыл купальню и приставил мельника для сбора денег за вход", а его бессмертного Мефистофеля г. А. Ж. даже сейчас называет "выкупавшимся евреем"...

...Теперь, когда он умер... вы... вопиете, что он ваш и что с евреями, для которых он всегда являлся народным героем, национальной гордостью, он ничего общего не имеет! Не к нам, евреям, давшим России Антокольского, вам следует обращаться с упреками и не "для современного еврейства жизнь и смерть Антокольского должны послужить поучительным уроком".

Его могила действительно красноречиво доказывает, как много русское общество и русская культура страдает и теряет от косности, невежества и национальной нетерпимости...

Кандидат прав Г. М. Антокольский

Еще несколько слов в защиту памяти М. М. Антокольского
(статья А. Ж.)

(...) Я вообще не понимаю, как можно ненавидеть весь народ, а тем более такой жалкий, несчастный, отмеченный Божескою карой, как народ еврейский (...)

...Но я и Антокольскому говорил в глаза правду об отрицательных сторонах еврейства, как говорю ее теперь и буду говорить, зовя евреев ко Христу (...)

И поверьте, г. "кандидат прав", в вас, получившем, судя по званию вашему, которое вы подчеркнули почему-то в "открытом письме", образование в русских учебных заведениях, быть может, служащем даже в русском правительственном учреждении и пользующимся на юридической практике русскими законами, в основу которых положены заветы Христа, — в вас уже лежит зерно христианства. В детях же ваших (если они у вас есть или будут) зерно это даст по всей вероятности — живые ростки, быть может, даже распустится в пышный, благоухающий цветок христианской веры. А поручитесь ли вы за то, что внуки ваши не будут уже явными или тайными христианами?!..

И желаю им этого, потомкам вашим...

Тяжело, но необходимо выпить эту муть — как микстуру от слепоты. "Вне слияния нет спасения", — сказал этот посланец "русского духа". Заметьте, "спасения" — сказал он. Мы уже то там, то сям говорили о спасении, под конец поговорим еще немного, а сейчас коснемся собственно художественной критики.

Стасов где-то сказал: "Позволяли себе над ним безобразно насмехаться, глумиться только сухие и тупые люди из жалких писак".

Увы! — это не совсем так. Сам Антокольский еще в молодости подметил, что к таланту у русских отношение особенное: "Каждый народ радуется, гордится, даже утрирует, если у него появляется талант; у нас — его встречает только одна злоба. В начале ничего еще, но беда, если человек этот войдет в славу: тут-то все начинают стараться закидать его грязью. Обмараюm его хорошенько и потом опять жалеют. Эх, диво дивное делается у нас на Руси!"

Вот так! Типическое объясняет случайное. Вот почему в стане "жалких писак" оказалось и много солидных критиков, которые, не позволив себе забросать грязью автора, все-таки старательно замазывали его творения. Время "жалеть" Антокольского еще не наступило. И сегодня советское искусствоведение не только не отдает Антокольскому должную дань восхищения и благодарности, но даже не признает за его произведениями того места, которое они фактически занимают в русской пластике. Не признает — и все тут! Хотя, даже стоя под лестницами, даже разбросанные по всему Русскому музею, они обращают внимание всякого посетителя местом, занимаемым среди собрания скульптуры, одним автором.

В статье об Антокольском в 3-м издании БСЭ он подвергается химической обработке с целью экстрагировать из него лишь пару идеологических прописей: "Иван Грозный" — хорошо, т. к. — обличение самовластья (после этого уже можно заметить и "напряженный драматизм психологического строя"). А вот "Христос перед народом", "Смерть Сократа", "Мефистофель", "Не от мира сего" — все плохо, ибо идеи справедливости и борьбы (хорошо) трактуются в них в духе отвлеченно понятых идеалов (плохо).

Больше всего "идейных" нападок — на "Сократа". Внешнее поражение в нем кажется особенно очевидным — куда уж более: он мертв. С этой же стороны летят камни в Христа, связанного и кротко принимающего приговор; в Спинозу, ожидающего смерть. Советская идеология стоит на позиции физической борьбы с врагом. Как видно, корешки эти идут далеко вглубь, если эта позиция проглядывает и в подходе дореволюционных критиков, которые, будучи в большинстве своем христианами, не приняли самое начальное философское зерно христианства: главенство идеального над материальным; как малое земное — агнец — жертва великому неземному — Богу, так собственное тело, его физическая жизнь — может быть жертвой жизни духовной, жертвой воимя идеи. Это принял иудей Антокольский и показал и в "Христе", и в Сократе, и в "Спинозе". Это — об "идейной" критике. Сугубо профессиональная критика отмечает почти полное отсутствие в творчестве Антокольского монументальной скульптуры и бранит его за идейность. То и другое связано воедино. Антокольский — мыслитель по складу ума, творческой индивидуальности. Мало у него монументальной скульптуры потому только, что она ограничивает возможность выра-

154

зить мысль. Он писал: "Произведения мои требуют интимности, и только тогда могут производить известное желаемое впечатление". И еще: "Мы привыкли смотреть на монумент как на украшение города — у него значение немногим больше, чем у фонтанов. Никому в голову не приходит, что всякое содержание требует не только своей формы, своего размера, но даже своего места, где ему соответствует быть, и оттого у нас одинаково рисуются на пьедесталах среди площади агитаторы, полководцы и мыслители. Пусть ставят среди площади монумнеты первых, но никак не монументы мыслителей, в особенности же таких, каким был Спиноза. Нет, поставить его где-нибудь среди площади — значит поставить около позорного столба того, кто его создал, кто распорядился и согласился на это".

Антокольскому нужен серьезный, сосредоточенный зритель, а не торопливый прохожий. Его зрителю нужна соответствующая обстановка, нужно помещение. Поэтому вся его главная скульптура — для помещения. Помещение — место для всяких серьезных интеллектуальных занятий, а т. к. в нем только происходит то, что интересует Антокольского, оно становится и важнейшим для него местом действия. Вот как родился революционный перевод барельефной темы в помещение!

Так разве он этим не поднял скульптуру?! В его творчестве она перестает быть частью архитектуры, вообще искусством декоративным, а становится самостоятельной и глубокой, как живопись, которую никому не приходило в голову обвинять в том, что она не украшает скверы и площади; как классическая музыка, которую слушают в филармонии, а не через уличные громкоговорители.

Идейность же Антокольского подвергалась нападкам с позиций классицизма. "Он проложил новый путь, избрав ключевым пунктом своего подхода не красоту формы, а красоту мысли и содержания"... Но это пишет The Encyclopedia Americana. Русские же классицисты всем фронтом обрушились на это "содержание", защищая чистоту пластики как вида искусств. Может быть, это и честный порыв, но зачем такая воинственность, зачем, утверждая что-нибудь, обязательно сбросить все остальное и перебить? Вот эти "защитники" чистого классического искусства отвергают содержание ради "чистоты". Но ради этой же "чистоты" могут быть сброшены и сами "классицисты" — чтобы очистить место для беспредметников, чье искусство — предельно чистое. Мне же думалось, что потребность художественного самовыражения личности, народа ищет и находит неисчислимое множество путей и способов ее удовлетворения. Они, эти пути и способы, образуют широчайший спектр цветов и оттенков рожденного жизнью и освещающего ее света.

Спектральный анализ этого света ставит на один его край (на самый край) тот вид искусства, который является продуктом безотчетной, безинтеллектуальной, "дикой" художественной культуры. Собственно, здесь и есть истинное "чистое искусство". На другом краю стоит искусство ради идеи — продукт интеллектуальной деятельности человека, для которого искусство является языком.

Когда искусствоведы воинствуют, они очень различают эти два полюса, противопоставляют их друг другу и в подавляющем большинстве отвергают последний, проявляя при этом сколь глубину, столь и узость профессионального подхода. Действительно, для искусствоведа тут возникают новые проблемы оценки (а именно оценка составляет конечную задачу искусствоведения), — проблемы оценки идеи (что не является сегодня сферой компетенции искусствоведа). Но, вообще-то говоря, — смотреть и думать, думать и смотреть — разве в этом сложном, комплексном интеллектуально-зрительном созерцании, в сканировании по двум рецепторам двумя раздражителями, очень близкими по природе, ибо один является абстракцией — красота, а другой — еще большей абстракцией — идея, разве в этом процессее не найдем мы моря эстетического наслаждения? Найдем, ибо уже нашли, стоя перед пластикой творца с умом глубоким, страстным и искренним, — перед пластикой Антокольского...

Он мог дать не то, что дал, но он дал почин и "сразу далеко забросил камень". Не думаю я, что долго слышны будут голоса истребителей идеи в искусстве. Было немое кино. Действительно восхитительна и ценна своей спецификой была его пластика. И поэтому, когда появился звук, на него набросились, пытаясь не впустить. Разве смогли не впустить звук?

Разве можно не впустить идею, если она уже постучалась в дверь?

* * *

Звонить в дверь к Гинзбургам надо два раза. Это означает — "свои". У большинства старых отказников такое правило, ибо один раз звонит обычно дворник, милиционер.

Сегодня здесь собралось много нашей братии.

Благословенны эти дома, где человек, у которого земля ушла из-под ног, вновь обретает ее на вечер, чувствуя себя в эти часы не пропащим одиночкой-неудачником, но членом какой-то социальной группы, достаточно многочисленной, даже со своими привилегиями. Особенно нужны такие дома тем, кто в отказе оказался без семьи — этого последнего приюта. Был "теплый" дом у Райнесов, такой дом у Таратуты — место постоянного научного семинара отказников. Такой дом и у Гинзбургов.

Сегодняшний вечер — занятие юридического семинара, однако, занятие особенное. Уличный продавец мороженного (до подачи заявления на выезд — математик) Миша Носовский подготовил сообщение "Статистическая проверка некоторых гипотез о динамике "отказов" в Ле-

156

нинграде". Сколько часов (часто — часов после внезапного ночного пробуждения), сколько усилий мозга потрачено каждым отказником индивидуально в тщетных попытках понять, почему его "держат", когда таких же отпускают; выпустят ли когда-нибудь; когда? И вот — самодельный заменитель отсутствующих законов и публичных правил — математический анализ.

Вот почему непрерывно звучит этот двойной звонок в дверь: кому из несчатных не охота "погадать" на формулах, если не собственную судьбу, то хоть что-нибудь понять в этом чертовом наглухо закрытом механизме.

Носовский "перелопатил" списки отказников, начиная с 1971 г. (ведение этих списков — "железная" традиция в отказе). Он прикладывал к фактическим данным простые житейские гипотезы, и статистика опровергала их одну за другой. Зато она показала, эта статистика, расслоение отказов на "легкие" и "тяжелые" и неуклонное "старение" группы за счет старения "тяжелых". Обозначив термином ядерной физики — "периодом полураспада" — время, в течение которого из отказников за данный год половина получает разрешение на выезд, он получил:

год отказа	1976	1975	1974	1973
период полураспада	1 год	1,5 года	2 года	не наступил (более 4 лет)

Это показывало все большее разжижение группы "легкими" отказами и непреклонностью власти в отношении к "тяжелым". Возможно, "легкие" создавались для количества, "тяжелые" — для качества.

— Как же уехать?! — вырвался у аудитории наивный, ненаучный вопрос.

В связи с этим вопросом в сознании почти каждого отказника постоянно взвешивается вопрос об активности: собственной и на Западе. Но и тут все палки — о двух концах: начнешь проявлять активность — чуть увеличишь шанс уехать и сильно — попасть за решетку. Начнут за тебя на Западе проявлять активность — это увеличивает шанс (увеличивало в период молодого детанта), во всяком случае поднимает дух. Но одновременно это переводит тебя в разряд "тяжелых", в разряд политического или экономического заложника. И тогда горе тебе, если отношения с Западом пошли не так, как Союзу угодно...

В общем, неясности не рассеялись. Вот и со Щаранским... и самые предельные 9 месяцев истекли, а он все в заключении без суда. В чем тайный смысл этого беззакония?

Устав от всех вопросов, я опять убежал в Антокольского, убежал в полном смысле слова, ибо уехал из Ленинграда на несколько дней.

Побывал на родине Антокольского, в городе Вильнюсе, с 1323 года — столице Великого княжества Литовского, с 1940 года — столице Литовской ССР.

От времени, на котором мы оставили Вильну в первой главе, до самого 1940 года продолжалась еврейская культурная жизнь Вильны — столь интенсивная, что называли Вильну "литовский Иерусалим".

Была Вильна для русского еврейства и центром демократического и рабочего движения, и центром сионистского движения.

В 1940 г. все еврейское было остановлено. Потом прокатилась фашистская оккупация.

Вспомните цифры первой главы — как круто, в два скачка, все переменилось. По переписи 1970 года в Вильнюсе проживало 16 491 еврей (около 4% всего населения), из которых 10 133 человека назвали идиш своим родным языком. Полагают, что к 1977 году из них осталось менее одной трети. Среди оставшихся — около 30 семей — отказники.

Однако главной целью моего приезда было найти в Вильнюсе Антокольского, и я отправился по его следам.

В самом центре города я нашел улицу М. Антокольского, а рядом с ней, в подворотне дома 49 по улице Горького — чугунную мемориальную доску: "В этом доме родился и жил Марк Матвеевич Антокольский. 1843—1902". Дом этот не был похож на фото в книге Стасова. Не был он похож и на фото (другого дома) в книге А. Г. Алферова "Марк Матвеевич Антокольский", М., 1905 г.

Несколько озадаченный, я все же сфотографировал и доску, и дом. Потом я пошел искать те три памятника, что названы в путеводителе по Вильне. И не нашел ни одного: ни графа М. Н. Муравьева, ни А. С. Пушкина, ни, главное, императрицы Екатерины работы Антокольского.

Я стоял на Кафедральной площади и глазам своим не верил: я так хорошо знал это место по фотографиям, на одной из которых — сам Антокольский незадолго до смерти, а тут — "преглупое ровное и гладкое место", как лицо коллежского ассесора Ковалева, у которого сбежал нос.

Начал расспрашивать старожилов — никто не знает. В маленьком журнальном магазинчике произошла любопытная сценка. Продавщица сказала, что есть постоянный покупатель, интеллигент, который знает все и, если бы я его поймал...

— Ой, вот и он, — надо же! — Вдруг воскликнула продавщица.

Я спросил очень аккуратно одетого пожилого человека про монумент. Он рассеянно скользнул по мне взглядом, сказал что-то политовски продавщице, купил газету и пошел к выходу. В дверях он задержался, постоял спиной, потом повернулся и бросил:

— А где Сталин, что стоял перед вокзалом?

И быстро вышел.

Я вернулся на Кафедральную площадь, — там в башне Гедиминаса размещается городское экскурсионное бюро. В помещении было довольно много людей, но никто не скучал, все сидели и стояли группами и оживленно беседовали. Поэтому я обратился сразу ко всем:

— Могу я видеть экскурсовода по городу?

После короткой паузы раздался дружный смех:

— Мы здесь все — экскурсоводы по городу. Что вас интересует?

— Меня интересует памятник Екатерине.

— Какой памятник Екатерине?

— Да тот, что стоял рядом с вашей башней!

Смех умолк — экскурсоводы по городу были в замешательстве. Наконец, стоявшая ближе других девушка сказала своей подруге:

— А помнишь, Дрёма нам что-то рассказывал?

— Кто это — Дрёма? — вцепился я.

Владас Дрёма, историк искусств, отставленный от университета профессор, человек больших знаний и резких, неприспособленных к обстоятельствам суждений, встретил меня в тяжелом халате, поднявшись из-за своего рабочего стола. Взгляд суровый, рукопожатие жесткое.

Он посверлил меня немного для пробы — нет, не из опасений, а только для того, чтобы убедиться, что разговор не будет пустым.

Антокольским здесь никто не интересуется, не занимается, повидимому, заниматься не будет и, как я понял, добрых чувств к нему никто не питает. Почва такого отношения? — Национальная. Литва хочет заниматься литовским искусством. Ну, — русским, в той степени, в которой это диктуется хозяевами. А Антокольский кто?

Дрёма говорил об этом как человек, лично обиженный:

— Надо же было ему настолько не чувствовать себя литовцем, чтобы написать: "Я — еврей, фамилия у меня — польская, а живу в Италии". То есть ему было наплевать, как сказать: "польская" или "литовская". А ведь его фамилия — именно литовская! Построена на литовском названии местности, существующей по крайней мере с XVI века — "АН-ТА-КАЛНАС" — на той горе. Район, получивший это название и, наверное, приютивший предков Антокольского, возник на самом живописном из многочисленных холмов, вид на которые открывается из Вильны... А он — "польская фамилия"!

В городе есть 3-4 незначительных работы Антокольского, конечно, не в экспозиции. Памятники? — Есть версия, по которой в 1915 г они вместе с прочей бронзой были увезены в Москву от немцев. Однако, познакомившись с Литвой, силой литовского национального духа, его неприязнью к русификации, я склоняюсь к тому, чтобы считать более правдоподобным намек, оброненный в дверях журнального магазинчика. Тот вихрь, который при первой же возможности вымел с литовской земли Сталина, захватил и Муравьева-вешателя, и Екатерину II, и ни в чем не повинного Александра Сергеевича.

— А мемориальная доска — обманная, — сказал Дрёма.

Оказывается, дом 49 по улице Горького был домом Елены Юльяновны, жены Антокольского. В один из своих приездов в Вильну он перевез сюда отца из той "корчмы Мытаса", в которой Марк Матвеевич действительно родился и жил. Мемориальную доску отлить отлили, а повесить ее оказалось негде: власти не разрешили вывешивать доску на улице. Тогда (не выбрасывать же ее!) ее повесили в подворотне дома 49.

Ну, а соседнюю улочку, уже вообще к нему никакого отношения не имеющую, назвали улицей М. Антокольского в советское время, — чтобы на том и покончить с данью уважения.

61—63. Подворотня на ул. Горького в Вильнюсе с мемориальной доской и домик на
ул. Субочяус, бывший, по предположению В. Дрёмы, той "корчмой Матыса",
в которой действительно родился и рос Антокольский

Gateway on Gorky Street in Vilna with memorial plaque and small house on Subo-
chaus Street, that according to V. Drema was the very "Matis Inn", where Antokolsky was born and raised in

64—65. Улица М. Антокольского в Вильнюсе и "гладкое место" на Кафедральной площади вместо памятника Екатерине II

Street in Vilna bearing the name of M. Antokolsky and the "even place" on Cathedral
Square, the place of the monument to Catherine II

Глава 10.

НЕГРОМКОЕ ЭХО

В 1917 году на гребне второй мировой войны в России совершилась революция. Та часть евреев, которая не связывала своих надежд с декларацией Бальфура, активно содействовала революции: из двух фракций социал-демократического движения в одной (меньшевистской) евреи составляли большинство, в другой (большевистской) — были на втором месте после русских. Самозабвенно разрушали, самозабвенно строили.

Позже выяснилось, что, спалив до тла все старые государственные постройки, революция ничего не искоренила в самом обществе, а только вывернула еще худший пласт. В борьбе с режимом самодержавия за спинами фанатиков и идеалистов к власти шел режим, враждебный самодержавию, враждебный "многодержавию", враждебный всем державам на земле, враждебный евреям как народу, враждебный всем религиям как таковым, враждебный всякой индивидуальной вере и идее..., намеревавшийся перестроить весь мир на свой манер, но построивший пока только железную будку для своих полуголодных граждан.

14 апреля 1918 г. был издан Декрет Совета Народных Комиссаров "О снятии памятников, воздвигнутых в честь царей и их слуг" и о выработке проектов памятников социалистической революции. Позже, в 1925 г. новый директор Академии художеств проявил личное рвение, и круглый двор академии оказался заваленным битой скульптурой. Уникальна судьба Александра III — лучшей работы в России Трубецкого: во-первых, его "репрессировали" только перед 37-ым, а во-вторых — не разбили, а затащили во двор Русского музея, и он виден там и поныне в его позоре через окно перехода из флигеля Росси в корпус Бенуа.

Декрет 14 апреля был началом. Впереди была нескончаемая цепь кампаний, в которых гибли не только произведения литературы и искусства, но и их творцы... Как же прошел через это Илья Гинцбург — негромкое эхо Антокольского?

Скульпторы, как правило, почему-то некрупные люди. Гинцбург был впридачу родом из гетто. Но и среди последних он был маленьким — таким маленьким, что у Стасова чуть ли не между ног прошмыгивал. Его не задело.

В его отношениях с Россией не было того драматизма, который выпал на долю его учителя, и революцию он принял, и, вообще, у него лично — скромного в потребностях, кроткого, жизнелюбивого человека не было общественных проблем... а со стороны смотреть — больно.

С тех пор, как Антокольский вынес его из родного гнезда, он будто и дорогу к нему забыл и, повторив Антокольского так точно началом своей судьбы, он, как эхо, ослабил главные ноты и растворился, довольный участием к нему русских людей, и оставшись совершенно одиноким среди этих людей. Долгое время он жил за занавеской в мастерской при академии, и жена одного из служителей варила ему любимую его чечевичную похлебку.

Ему было за шестьдесят, когда он женился на молоденькой девице. Цыганские романсы и площадная ругань звучали аккомпанементом недолгому "семейному счастью" Ильи Яковлевича.

По воспоминаниям близко знавшей Гинцбурга А. Войтинской[*], после развода он жил у шлиссельбуржца Н. Морозова, который вместе со своей женой Ксенией оберегали его, не ведавшего сомнений...

>   Мне уже семьдесят шесть лет, у меня нет прежних сил, но
>   я бегу вместе с новыми людьми, как пристяжная лошадь...[**]

Академик Илья Гинцбург увековечил в надгробиях не только своего учителя Антокольского, но целую вереницу пережитых им современников.

Он умер совершенно одиноким в ленинградском доме престарелых актеров в один из первых дней нового, 1939 года.

* * *

Канун нового, 1978 года. Предновогодняя праздничность временно приглушила ползущие по городу черные слухи самого разного свойства. Последнее время все как сговорились пугать друг друга: кто говорит, что ОВИР закрывается, кто о новой девальвации, а кто о том, что погода в 1977-м точно повторила погоду 36-го... — знамение новых репрессий!

Я подвожу свои личные невеселые итоги — миновало 5 лет моего отказничества, почти 5 лет не видел маму и брата, почти 2 года — жену, еще не видел сына, которому теперь уже полтора года... Но нельзя раскисать. Другим хуже. Те, кто хотел уехать 7 лет тому назад, все еще сидят — "в зоне", как говорят там, имея в виду территорию лагеря. Правда, выходя из лагеря, они не скажут, что "выходят на свободу" — в России политические заключенные говорят не "на свободе", а "в большой зоне". Все же ясно, что в большой зоне свободнее: в камеру, например, захожу по собственной воле — на экскурсию. И вам, между прочим, эту экскурсию рекомендую.

---

[*] Статья "Из жизни скульптора И. Я. Гинцбурга" в журнале Искусство, №3, 1968.

[**] И. Я. Гинцбург. Мой ответ. В кн. Скульптор Илья Гинцбург, Лен., 1964

Петропавловская крепость — истинный символ Ленинграда, альфа и омега его. Ее первым камнем начался город, здесь похоронен его создатель. Похоронен здесь и убиенный царь-освободитель. Здесь же, в одном дворе с царскими гробницами казнили цареубийц, томили "потрясователей".

Интересуетесь "русским духом"? Пожалуйста, — он простодушно выставлен для осмотра. Любуйтесь этой мрачной серой линией вдоль Невы с другого ее берега. Перейдите два моста и войдите внутрь, на гулкий булыжный двор. Экскурсоводы пригласят вас в тюрьму, не бойтесь — войдите. Полчаса мрака и сырости, зато через открытые двери можно заглянуть в камеры и увидеть там прикованные к стенам железные койки и параши... Они сейчас пустые, эти камеры. Новая власть решила вывозить инакомыслящих подальше — в Потьму, Владимир, Копально, Всесвятскую, Озерный, Тупик... А здесь у нас теперь музей и ресторан "а-ля-рус": водим иностранцев, вечером "делаем красиво" — зажигаем неоновые трубки по контуру тюремной стены.

И — довольно о язвах России. Сегодня еврей может отсюда в конце концов уехать. Остановимся на язве, от которой еврей пока уехать не может — на язве, которая всегда с собой, язве в сердце — ущемленном национальном самолюбии. И дело здесь не в русском антисемитизме.

Я считаю русский антисемитизм явлением не уникальным. Нет вообще народов-антисемитов и народов-неантисемитов по природе. Антисемитизма нет там, где нет евреев. Области высокого накала антисемитизма: Древний Египет, средневековая Испания, Германия, Польша, Россия, сегодня прибавилась еще Аргентина — это области высокой концентрации евреев. Он был неизбежным следствием длительного пребывания в этих странах большой чужеродной группы. Будучи обособленными, они вызывали недоверие вследствие своей обособленности; когда же позднее они отказались от обособленности и начали проникать в общество, да еще добиваться известных успехов, тогда уже эти факты начинали вызывать недовольство, недоверие перерастало в неприязнь со стороны народа-хозяина.

Проходя через сознание, заполняясь идеологией, эти простые и понятные человеческие реакции чудовищно искривлялись, породив в конце концов современный антисемитизм.

А он, в свою очередь, развил эту постоянную еврейскую боль в сердце и неутолимую жажду к доброму слову в свой адрес, врачующему эту боль. Особенно остра эта жажда здесь, в СССР. По этой причине московские отказники Г. Розенштейн и В. Файн предприняли подпольный перевод с английского статьи Альберта Эйнштейна "Почему они ненавидят евреев". Так важно сегодня советскому еврею, убитому антисионистской кампанией узнать, что их великий соплеменник, творец физики XX века был деятельным сионистом; так защищает, так поднимает поруганное самолюбие его "по-ученому" академическое защитное слово, что помещаю здесь одну главу:

КТО ЖЕ ЕСТЬ ЕВРЕЙ *

Формирование групп оказывает стимулирующее воздействие во всех сферах приложения человеческих усилий, возможно, в основном, благодаря борьбе мнений и целей, представляемых различными группами. Евреи также составляют такого рода группу со своим собственным определенным характером, а антисемитизм — это ничего более, чем антагонизм, возбуждаемый в неевреях еврейской группой. Это нормальная социальная реакция. И если бы не политические злоупотребления, порожденные антисемитизмом, он никогда не был бы обозначен специальным именем.

Что же интегрирует евреев как группу? Кто, во-первых, есть еврей? Нет простых ответов на этот вопрос. Наиболее очевидный ответ мог бы состоять в следующем: еврей — это человек, исповедующий еврейскую религию. Поверхностный характер этого ответа легко понять из простого сравнения. Спроси себя, кто такая улитка? Ответ, подобный данному выше, мог бы быть: улитка — это животное, использующее раковину улитки. Этот ответ не вполне неверный. Но можно быть уверенным, что он не исчерпывающий: раковина бывает у улитки, но раковина только один из продуктов деятельности улитки. Так и иудаизм только одно из характерных свойств еврейской общины. Более того, известно, что улитка может сбросить свою раковину, не переставая быть улиткой. Еврей, который оставляет свою веру (в формальном смысле слова), находится в сходной позиции. Он остается евреем. Трудности этого рода возникают, когда хотят объяснить истинный характер группы.

Связь, соединяющая евреев тысячелетия и объединяющая их сегодня, это прежде всего демократические идеалы социальной справедливости, соединенные с идеалами взаимной помощи и терпимости между всеми людьми. Даже наиболее древние еврейские религиозные рукописи проникнуты этими социальными идеалами, которые в огромной степени воздействовали на социальные структуры большей части человечества. Введение еженедельного дня отдыха могло бы быть упомянуто как существенное для всего человечества. Такие личности как Моисей, Спиноза, Карл Маркс, сколь бы они ни были различны, все жили и были вдохновлены идеями социальной справедливости; такова была традиция их предков, и она вела их по

---

* А. Эйнштейн. Перевод с английского по тексту сборника "Out of my later years". N. Y. 1950

этому торному пути. Уникальная роль евреев в области филантропии объясняется той же традицией.

Другая характерная особенность еврейской традиции — это высокое уважение к любой форме интеллектуальных устремлений и духовных усилий. Я убежден, что этому высокому уважению к интеллектуальным достижениям обязаны мы тому вкладу, который сделали евреи в прогресс знания в самом широком смысле этого слова. Если учесть их относительно малое число и исключительные препятствия, встававшие на их пути со всех сторон, размер этих вкладов заслуживает восхищения всех искренних людей. Я убежден, что причина этих достижений не в особой одаренности, а в том факте, что престиж, которым пользуются интеллектуальные свершения среди евреев, создает атмосферу, особенно благоприятную для развития всех существующих талантов.

В то же время сильный критический дух препятствует слепому поклонению любым мертвым авторитетам. Я ограничился здесь этими двумя традиционными чертами, которые кажутся мне наиболее фундаментальными. Эти стандарты и идеалы находят свое выражение в большом так же, как и в малом. Они передаются от родителей к детям, они окрашивают взгляды и отношения друзей, они наполняют религиозные сочинения, и они накладывают свою печать на общественную жизнь еврейской группы.

Эти идеалы, которые я считаю существенными для природы евреев.

Что эти идеалы не полно реализуются в группе — в ее будничной жизни — совершенно естественно. Однако, если хотите коротко выразить существенное в характере группы, всегда следует пытаться выразить идеалы этой группы.

Первой фразой этой главы Эйнштейн как бы отвечает на вопросы, которые следуют за нами через все повествование: благотворно ли сказывается национальная самобытность на результате творчества? Если художник, отличающийся национальной самобытностью, но творящий в истории и культуре другого народа, пожертвует своей самобытностью ради этого народа, то какова будет судьба этой жертвы?

"Формирование групп оказывает стимулирующее воздействие во всех сферах приложения человеческих усилий", — сказал Эйнштейн. Если это — закон, то первейшим объектом его приложения является искусство. И почти ту же мысль, только другими словами высказал Стасову (о немцах, в письме из Германии) молодой Антокольский: "Знаете, хорошо, когда нация любит себя: это дает ей возможность быть самостоятельной и развивать свою внутреннюю силу".

К сожалению нелегко стоять на этой позиции, будучи евреем. Даже Антокольский иногда сдавал. Каким же молодцом был Стасов, неустанно поддерживая в нем еврея!

Он писал в своем последнем письме ему:

СПб, понедельник, 28 января 1902 г.

...готов оставить — покуда... рассуждение о том, должно ли искусство быть космополитическое или национальное... скажу сегодня одно слово: моя вера в искусство национальное и в то, что оно победит и одолеет все остальные формы...[*]

Он верил в его натуру:

...Много раз на своем веку Антокольский выражал в письмах и разговорах стремление свое быть художником космополитом, свое убеждение, что это и есть настоящее призвание каждого настоящего художника. Но его натура и его деятельность всегда и во всем противоречили этому (...) Судьбы еврейства и евреев постоянно наполняли его душу, могущественно заботили и мучительно тревожили его...[* *]

Вот так! И, если кто ослабеет в борьбе с антисемитизмом, засомневается, из инстинкта освобождения от проблем потянется к идее безнационального общества будущего, пусть он взвесит еще и такую гипотезу: если будущее действительно за интегральным, безнациональным, абсолютно однородным обществом, то и тогда будет лучше, если в ту самую вагранку, в которой будет выплавляться общая культура, еврейская культура будет брошена не шлаком и не флюсом, но золотоносной рудой.

Процесс создания этой культуры, создания национальных художественных творений, которые могли бы приблизиться по своей значительности к творениям евреев в области идей, только еще начался. Он особенно запоздал, этот процесс, в области изобразительных искусств и прежде всего — пластического искусства. Вспомним еще раз причину. Откроем Тору (Библию), книгу Шэмот (Исход, Эксодус). — Глава 20, стихи 4-8:

''Не делай себе изваяния и никакого изображения того, что на небе вверху, и что на земле внизу, и что в воде ниже земли. Не поклоняйся им и не служи им...''

Это так называемая вторая заповедь, вторая из десяти самых важных заповедей всего Учения. Она вытекает из первой, повторенной Моисеем перед смертью в таких словах: ''Слушай, Израиль: Господь наш — Бог один''.

---

[*] В. В. Стасов. Письма к деятелям русской культуры, АН СССР, М.,1962
[* *] В. В. Стасов. Биогр. очерк в кн. ''М. М. Антокольский...''

Этот завет стал лозунгом и главной молитвой народа израилева. Виленский педагог и ученый Иошуа Штейнберг так комментирует его в своем русском издании Пятикнижия: "Слово это, написанное на пергамине, евреи прикрепляют себе при молитве ко лбу и к части руки против сердца, также ко всем косякам дверей своих (...) Этим же словом тысячи еврейских мучеников торжественно положили жизнь свою на алтарь веры своей. Достойно замечания, что все книги Ветхого Завета проникнуты пламенным вожделением, чтобы монотеизм, удостоивший Израиля звания "Богом избранный народ", стал общим достоянием всех народов мира и единил их воцарением над собой единого Мироправителя".

Монотеизм — это и политическая идея, ибо в нем, по существу, начало той самой борьбы, которая нынче называется "борьбой за мир во всем мире". Только в отличие от нынешней, основанной на взаимном страхе и лжи, та — прокладывала дорогу через духовное единение. Вокруг же царствовало идолопоклонство. Вот почему, когда на третий месяц после начала исхода из Египта колонна израильтян раскинула стан у горы Синай, сделали они себе идол на манер египетского быка Аписа и Мневиса, вырезали из дерева "тельца" и покрыли его золотом. Это было первое произведение еврейского пластического искусства, но и первое отступление от Бога невидимого, сокровенного — к привычному идолу.

Библия записала историю подвижнической борьбы с этим пережитком в израильском обществе библейского периода. Интересы этой борьбы требовали строжайших запретов.[*] И это вошло в плоть, кровь и... гены народа.

Вообще, принципы иудаизма глубоко присущи евреям, даже когда они не наследуют его формальных традиций. Эта причина является главной в объяснении факта почти полного отсутствия изобразительного искусства у евреев на протяжении 3000 лет. Даже факт недостойной экономической жизни (на который указывает Стасов) и духовная изоляция гетто является лишь дополнением (не обязательным, по-моему) к первой причине. Но так же присущ евреям и здравый смысл, поэтому во все времена истории совесть народа возмущалась не самими изображениями, а их похожестью на идолов. (Посмотрите на съеденные поцелуями ноги Христа на стене "Спаса на крови" и увидите воочью след идолопоклонства. Поговорите со знающим христианином и услышите, что яркая образность Христа действительно создает искус, от которого церковь должна неустанно отводить).

Когда же миновала идеологическая опасность, началось постепенное развитие у евреев изобразительных искусств, точнее сказать —

---

[*] Запрет изваяний был так строг, что запрещал касаться инструментом даже камней алтаря, надгробья — их до́лжно было складывать из камней простых, неотесанных.

вовлечение их в уже развитое изобразительное искусство других народов.

В какой степени при этом произведения евреев сохраняли оригинальный национальный характер, можно ли и должно ли сохранять и развивать его в таких условиях, какие плоды в местных условиях дает еврейская "прививка"? — обо всем этом можно, слава Богу, больше не спорить: отныне еврейская культура выращивает плоды в своем собственном саду.

"Бецалель" — Академия искусств и дизайна, Иреусалим. Отделения: изящных искусств (скульптура, живопись, графика), графического дизайна, организации пространства и индустриального дизайна, керамики, чеканки по золоту и серебру.

Свыше 500 молодых людей, населяющих сегодня Бецалель, не знают чужих дождей и ветров, никогда не встретятся с проблемой, родившей эту книжку, да, может быть, и не вполне поймут ее. Но они знают, кто посадил здесь первый саженец... Скульптор Борис Шац, сын литовского меламеда, учившийся искусству в Вильне, Варшаве и у Антокольского в Париже, в 1906 году переселился в Палестину и, собрав группу учеников, таких же пионеров-идеалистов, как он сам, создал художественную школу и дал ей это изумительное библейское имя.

Ах, кабы здесь была и могила его учителя! Так труден и долог был путь живого и мертвого Антокольского, что окончиться бы ему в Иерусалиме!

Да ведь не он один. Общая наша трагедия — утрата родины. Горькая участь большинства — и по сей день заимствовать ее.

*   *   *

Вот и все о том, что оказалось так или иначе связанным с моей прогулкой по еврейскому кладбищу под Ленинградом весной 1977 года.

Поиск мой — увы! — окончательным успехом не увенчался. Как-то глубокой осенью, вернее даже в начале мерзостной ленинградской еще бесснежной зимы, я снова спросил Басю об утраченном Антокольском на смертном одре. На этот раз она сказала, что его сняли родственники — чтобы не пропал. Когда? Какие родственники? Бася снова погрузилась в оцепенение, предоставив мне решать, принимать ли всерьез сказанное, глядя в ее слезящиеся на холоду глаза.

Махнув рукой, я решил выполнить хотя бы другое свое, более легкое задание — протянуть через надгробия нить преемственности: от учителя — к ученику и от него — к его ученику... Продрогнув на Преображенском кладбище, я теперь отогреваюсь в Александро-Невской Лавре. Будашкина роется в толстых книгах и ворчит:

— 39-й год — очень трудный для поиска захоронений... Гинцбург...

Гинцбург... О, вам повезло! Он, оказывается, у нас. У южной стены рядом со Стасовым.

— Кто автор надгробия?

— Минуточку...

(...Сейчас выяснится, что нет никакого автора. Не было преданного ученика. Не было родственников и друзей, а у тех, что были, не было денег... Не было поэтому собственного надгробия: с чьей-то заброшенной могилы взята плита типа "саркофаг" и перебита надпись...).

— ...Автора нет — заимствование.

66. И. Я. Гинцбург в мастерской. 1923
    I. Y. Ginzburg in his studio 1923

67—68. И. Я. Гинцбург. Надгробный памятник В. В. Стасову. 1908
На фото внизу в отдалении — могила Гинцбурга

I. Y. Ginzburg. Tombstone memorial to V. V. Stasov. 1908
In the distance at bottom photo is Ginzburg's grave

69. Здание Городского суда, в котором проходил "самолетный процесс", снятое
с противоположного берега реки Фонтанки

Building of the City Court where the "Airplane Trial" took place. The photo was taken
from the opposite side of the River Fontanka

70—73. Уезжающие. Проводы
Those who are leaving. Farewell

74—77. Отказники. Возрождение национальных традиций, распространение знаний по истории Израиля, взаимопомощь и...

Refuseniks. Revival of national traditions, spreading of knowledge on history of Israel, mutual help and...

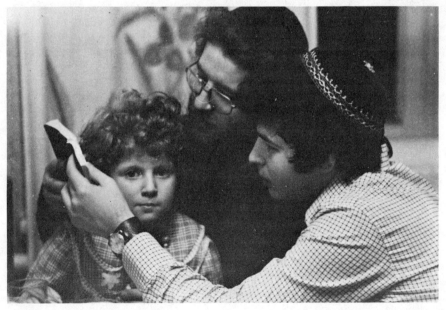

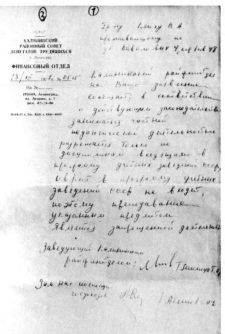

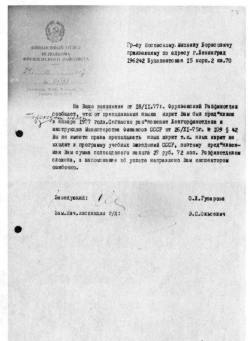

78—80. ...изучение языка иврит
...the learning of Hebrew

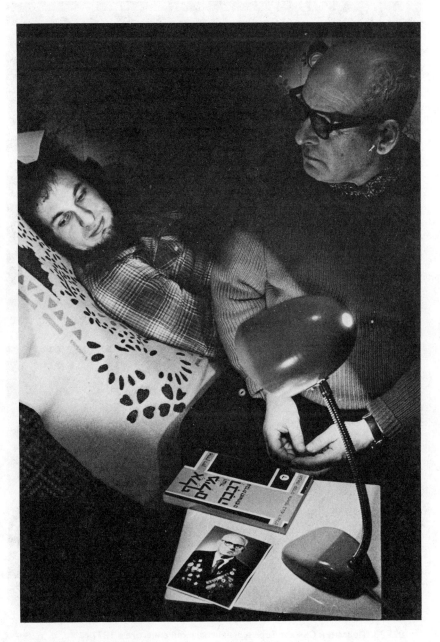

81. Отец и сын Фурманы
The Furmans—father and son

82—83. Праздник Симхат Тора в ленинградской синагоге в 1977 г.

Simhath Torah holiday in Leningrad synagogue, 1977

ОГЛАВЛЕНИЕ

Г л а в а 1   Несколько фактов из истории города Вильны   ...11

Г л а в а 2   Мотэ Антокольский   ...25

Г л а в а 3   Петербург. Академия художеств   ...32

Г л а в а 4   Кризис, Элиасик, Александр II   ...51

Г л а в а 5   Выезд   ...66

Г л а в а 6   Две выставки и между ними   ...92

Г л а в а 7   Последние годы жизни   ...119

Г л а в а 8   Похороны — долгий путь тела   ...139

Г л а в а 9   Схватка у могилы   ...151

Г л а в а 10   Негромкое эхо   ...163

HERMITAGE

ЭРМИТАЖ —Publishers of New Russian Books
2269 Shadowood, Ann Arbor MI 48104, USA. Tel (313) 971-2968

В 1982 ГОДУ ВЫ МОЖЕТЕ ПРИОБРЕСТИ В НАШЕМ ИЗДАТЕЛЬСТВЕ:

АВЕРИНЦЕВ, Сергей. ''Религия и литература'' (143 с., статьи)	7.00
АКСЕНОВ, Василий. ''Аристофаниана с лягушками'' (384 стр.	11.50
Собрание пьес. Иллюстрации Э. Неизвестного)	(В тв. обл. 20.00)
АРАНОВИЧ, Феликс. ''Надгробие Антокольского'' (190 с., 82 илл.)	9.00
БРАКМАН, Рита. ''Жизнеутверждение солженицынского героя'' (144 с.)	7.50
ВАЙЛЬ П., ГЕНИС А. ''Современная русская проза'' (182 с., 15 илл.)	8.50
ВИНЬКОВЕЦКАЯ, Диана. ''Илюшины разговоры'' (144 с.,	7.50
60 иллюстраций Игоря Тюльпанова.)	
ВЛАДИМОВ, Георгий. ''Три минуты молчания'' (Роман, 402 с.)	16.00
ГИРШИН, Марк. ''Убийство эмигранта'' (Роман, 145 стр.)	7.00
ГУБЕРМАН, Игорь. ''Бумеранг'' (Стихи, 128 с., илл. Д. Мирецкого)	6.00
ДОВЛАТОВ, Сергей. ''Зона'' (Повесть, 130 с.)	7.50
ЕЗЕРСКАЯ, Белла. ''Мастера'' (Сб. интервью, 112 с., 12 илл.)	8.00
ЕЛАГИН, Иван. ''В зале Вселенной'' (Стихи, 230 с.)	7.50
ЕФИМОВ, Игорь. ''Архивы Страшного суда'' (Роман, 320 с.)	10.50
''Практическая метафизика'' (Фил. система, 332 с.)	8.50
''Метаполитика'' (Под псевдонимом А. Московит, 250 с.)	7.00
ЗЕРНОВА, Руфь. ''Женские рассказы'' (160 с.)	7.50
КОРОТЮКОВ, Алексей. ''Нелегко быть русским шпионом'' (Роман, 140 с.)	8.00
ЛЕЙТМАН, Игорь.''Контуры лучших времен'' (Соц. исслед., 128 с.)	7.00
ЛУНГИНА, Татьяна. ''Вольф Мессинг — человек-загадка'' (270 с.)	12.00
МИХЕЕВ, Дмитрий. ''Идеалист'' (Роман, 223 с.)	8.50
НЕИЗВЕСТНЫЙ, Эрнст. ''О синтезе в искусстве'' (110 с., 60 илл., б. форм.)	12.00
ОЗЕРНАЯ, Наталия. ''Русско-английский разговорник'' (165 с.)	9.50
РЖЕВСКИЙ, Леонид. ''Бунт подсолнечника'' (Роман, 240 с.)	8.50
СУСЛОВ, Илья. ''Выход к морю'' (Рассказы, 230 с.)	8.50
''Рассказы о тов. Сталине и других товарищах'' (140 с.)	7.50
УЛЬЯНОВ, Николай. ''Скрипты'' (Статьи, 234 с.)	8.00

При отправке заказа просьба добавлять к сумме чека 1.50 доллара на пересылку (независимо от количества заказываемых книг). При покупке трех и более книг — СКИДКА 20%.